초절임 생강
차성환 시집

초절임 생강
차성환 시집

문학동네시인선 247 차성환

초절임 생강

시인의 말

　이 시집을 매일 한 장씩 복용하면 너는 어느 날 아침 초절
임 생강이 되어 눈을 뜨리라.
　이상하게 따듯하고 또 한없이 슬픈,

2026년 2월
차성환

차례

1부

어느 날 생강이 말을 하기 시작했다

가죽 재킷

하루종일 가죽 재킷을 입고 뽐내고 다녔다. 집에 돌아와 옷걸이에 걸어두고 잠이 들었는데 가죽 재킷이 식탁으로 나를 부른다. 이리 와서 대화 좀 해. 졸려 죽겠는데 억지로 식탁에 앉으니 가죽 재킷이 따듯한 커피를 내준다. 커피 마시면 잠 안 오는데. 훌쩍거리며 이야기를 듣는다. 사실 나는 가죽구두가 되고 싶었어. 내가 소였을 때는 늘 딱딱한 발굽으로 대지를 딛고 서 있었지. 여물을 먹다가도 발굽을 땅에 구르고 주인이 부드럽게 목덜미를 어루만질 때도, 축사에 따스한 붉은빛이 기분좋게 번지는 황혼 무렵에도 나는 이 발굽으로 대지에 노크를 했지. 그땐 내 영혼이 살아 있는 것 같았어. 내 유일한 기쁨이었지. 그런데 죽어서 재킷이 되고 나니까 알량하고 경박하게 허공에 떠돌아다니고 있어. 나는 바닥이 없어. 질 좋은 가죽구두가 되고 싶었는데, 걸을 때마다 울려퍼지는 묵직한 굽소리와 대지의 감각에 마음껏 취해 이 굽이 닳아서 사라질 때까지 멈추지 않고 계속 걸어가고 싶었는데. 그때 나는 생각했다. 저놈이 구두가 안 되길 다행이다.

소뿔소리

한밤중에 길을 가는데 트럼펫 소리가 난다. 구슬프다. 외롭다. 홀린 듯이 트럼펫 소리를 따라갔다. 겨울 축사가 나타났다. 문을 열고 들어가니 소 한 마리가 온몸에서 흰 김을 내뿜으며 울고 있었다. 텅 빈 축사를 가득 채운 트럼펫 소리는 압도적이고 강렬했다. 인기척을 느낀 소가 연주를 멈추고 축축하고 커다란 눈알로 나를 바라보았다. 오래 기다렸네. 나는 갈리마르의 황소일세. 자네에게만 일러둘 말이 있어 이 자리에서 천 일 동안 울고 있었다네. 우리는 모두 악기이지. 모두 다 살아 있는 소리를 낸다. 그런데 내 소리는 목에서 나오는 소리가 아니야. 배에서 나오는 소리도 아니지. 두성도 아니야. 비밀은 이 뿔에 있어. 각성(角聲)이라고 해야 할까. 나는 내 몸에서 유일하게 차가운 이 소뿔로 소리를 낸다. 소뿔로 운다. 나의 뜨겁고 거대한 몸덩어리가 뽑아 올린 것이 바로 이 소뿔이야. 나는 죽어서 불판에 올린 투뿔 등심이 되겠지. 또 누군가의 멋진 가죽구두가 되겠지. 그렇게 내 몸이 흩어지고 나서도 유일하게 울음을 기억하고 있는 게 이 소뿔이야. 내 몸의 최상부에 가장 나중에 난 이것이 나를 가장 소이게 하면서도 전적으로 소가 아닌 것이 되게 해. 내 육신을 초월하는 무언가가 여기 있다는 게 느껴져. 너무나도 길고 진지한 연설에 나는 그만 지쳐서 잠이 들었는데 어디선가 희미하게 트럼펫 소리가 자장가처럼 들려오는 것이었다. 그러다 잠에서 깨었을 때 나는 딱딱한 소뿔을 머리에 매단 채 울고 있었다.

개구리의 왕

한여름 밤 개천을 따라 올라가면 개구리 우는 들판이 나온다. 나는 그곳에 잠시 서 있다 오곤 한다. 개구리 우는 소리가 좋다. 개구리는 머릿속의 복잡한 생각을 잡아먹는다. 울고 싶을 때 대신 울어준다. 어느 날은 기분이 너무 좋아서 돌멩이를 주워다 들판 한복판에 던졌다. 퍽 소리와 함께 순간, 개구리가 울음을 멈췄다. 이튿날도 사흘날도 그다음 다음날도 울지 않았다. 무언가 잘못된 걸 알았다. 울지 않는 개구리는 쓸모없다. 멍청한 개구리. 일주일이 지나자 화가 났다. 머릿속이 개구리로 가득차 터져버릴 것 같았다. 나라도 울어야지. 내가 울면 다른 개구리도 따라 울 것이다. 개굴개굴. 처음엔 어색했지만 듣다보니 괜찮았다. 밤이고 낮이고 매일 들판에 가서 울기 시작했다. 이왕 하는 거 제대로 하는 게 좋을 거 같아 개구리처럼 쭈그리고 앉아 울었다. 제법 개구리 모양을 갖췄다. 간혹 나와 마주친 이들은 눈길을 피하고 빠르게 지나갔다. 사람들의 발길이 점점 뜸해졌다. 개구리들은 여전히 울지 않았다. 구십구 일째 되는 날, 하늘에서 폭우가 쏟아졌다. 갑자기 여기저기서 엄청난 개구리 소리가 터져나왔다. 천둥 번개와 함께 자욱한 연기가 피어오르더니 내 앞에 거대한 개구리가 등장했다. 몸 전체에 끈적한 땀이 흐르고 지독한 악취가 진동했다. 입가에서 물풀 같은 점액질이 끊임없이 흘러내려 바닥에 흥건했다. 귀로만 듣던 개구리를 눈으로 보기는 처음이었다. 태양처럼 이글거리는 두 눈동자가 가히 압도적이어서 눈을 뜨고 마주

볼 수 없을 지경이었다. 이윽고 개구리가 입을 열었다. 나는 개구리의 왕이다. 너의 개구리 소리는 참으로 감동적이구나. 초개구리적인 면이 있어. 맹렬하고 집요하고 광기에 가깝지. 사실 우리는 태곳적에 백 일 동안 울지 않으면 인간이 될 수 있다는 신탁을 받았다. 우연히 네가 던진 돌에 한 개구리가 즉사하고 나서는 이제 우리도 인간이 되어야겠다 결심했다. 심장에서부터 목구멍으로 치솟아오르는 울음을 삼키면서 우리는 죽을 각오로 버텼지. 네가 이 들판에서 약올리듯이 개구리 소리를 낼 때는 진짜로 죽여버리고 싶었다. 그런데 몇 날 며칠을 듣다보니 네 개구리 소리는 우리에게 무언가 일깨워주고 있었어. 분명 우리 몸속에서 출발하지만 가져본 적 없고 언제나 몸밖에서만 잠시 현존하다가 사라지는 개구리 소리에 대해 생각하게 되었지. 개구리의 것이지만 개구리는 결코 가질 수 없는 개구리 소리. 너도 알겠지만 개구리 소리는 인간도 개구리도 들판도 다 삼켜버리거든. 결국 우리는 개구리 소리를 포기하지 않기로 했다. 이건 숭고한 일이야. 개구리 소리는 숭고하다. 이제 너는 매일 조잘대는 비천한 인간으로 돌아가고 우리는 숭고한 개구리로 돌아간다. 개구리의 왕은 자기 맘대로 말을 마치고 들판으로 사라졌다. 분해서 뭐라고 항의하고 싶었지만 내가 할 수 있는 일은 아무것도 없었다. 나는 그만 지쳐서 집으로 돌아갔다. 엄마가 식탁에 밥을 차려놓고 불이 꺼진 부엌에 앉아 있었다. 개구리 잡아왔어? 아니요, 울먹이면서 대답하는데

─ 입에서는 기에꿀 기에꿀 소리만 나왔다.

개구리의 맛

갑자기 집 앞에 앰뷸런스가 도착하더니 건장한 사람들이 문을 부수고 들어왔다. 나는 영문도 모르는 채 병원으로 끌려갔다. 자다가 침흘린다는 이유로 뇌수술을 받게 됐다. 저 마취가 안 됐어요, 발버둥을 치는데 집도의가 강제로 머리를 열었다. 머릿속에는 열 마리의 개구리가 뇌인 양 뭉텅이로 모여 있었다. 집도의는 난감한 표정으로 뇌가 있어야 할 자리에 개구리가 있군, 살짝 메스로 찌르면서 말했다. 놀란 개구리가 뛰어올라 그의 입에 들어가 박혔다. 집도의는 입속에서 물컹거리는 개구리 때문에 말을 이어갈 수 없었다. 꽤 비릿하지? 개구리가 사방으로 튀어나와 비명을 지르는 간호사들 입속으로 뛰어들었다. 개구리는 집요해서 삼킬 수도 없고 뱉을 수도 없었다. 이윽고 사람들의 입에서 점액질이 길쭉하게 흘러나왔다. 바닥에 점액질이 흥건해졌다. 너무 미끄러워서 똑바로 걸을 수가 없었다. 이제는 모두가 즐겁게 개구리처럼 네발로 뛰어다니기 시작했다. 병원이 개구리 소리로 시끌시끌했다. 나는 한층 머리가 맑고 가벼워진 것 같아 만족스럽게 병원 밖으로 나왔다. 하늘에서 끈적끈적한 비가 내렸다. 여기저기서 개구리가 울었다. 우산 아래 사람들 얼굴엔 눈알이 있어야 할 자리에 개구리알이 박혀 있었다. 내 머리가 비어 있는 것을 아무에게도 알려서는 안 된다.

초절임 생강

걸어가다가 생강을 주웠다. 아주 맵고 알싸한 생강인데 내 머리통만했다. 너무 매워서 눈물이 뚝뚝 흘렀다. 이렇게 크고 매운 생강은 처음이야. 집에 가져가 커다란 항아리에 넣고 뚜껑을 닫았다. 그런데도 생강의 향은 강력해서 집에 있으면 눈물이 나왔다. 그새 소문이 났는지 전국 각지에서 사람들이 찾아와 내 생강 좀 보자고 한다. 나는 울면서 안 된다고 하는데 진짜 슬퍼서 우는 건 절대 아니다. 딱 한 번만 만져보자는 놈, 자기 거라고 우기는 놈, 전 재산을 줄 테니 자기한테 팔라는 놈. 항아리에 있는 생강 탓인지 눈물 콧물 흘리면서 애걸복걸한다. 울고불고해도 소용없다. 결국은 포기하고 생강의 향이 밴 몸으로 흐느끼면서 자기들 집으로 돌아간다. 끌끌끌…… 그놈들이 하도 못살게 굴어서 대문을 걸어 잠그고 이불 속에 숨었다. 그러던 어느 날 생강이 갑자기 말을 하기 시작했다. 나는 생강이다. 나는 이 세상에서 많은 것을 봐왔지. 아름답고 슬프고 외롭고 또 이상한 일을 겪었단다. 이제 나를 여기서 꺼내줘. 내가 본 것을 저 밖에 가서 말해야 돼. 나는 그럴 수 없다고, 너를 잃을 순 없다고 울면서 대구했다. 생강은 몇 차례 조르다가 궁시렁거리더니 다시 조용해졌다. 나는 생강을 누가 훔쳐갈 것 같다는 불안에 시달렸다. 매일 시시때때로 항아리를 열어 생강의 유무를 확인해야 했다. 그러던 어느 날 한밤중에 누군가 자객을 보내 생강을 칼로 찔렀다. 왜? 알 수 없는 일이었지만 다행히 생강은 죽지 않았다. 대신에 자객이 너무 매운 생강의 향

에 피를 토하고 죽고 말았다. 칼에 찔린 생강이 울면서 말했
다. 저 살아서 돌아가야 돼요. 여기서 제가 본 거 밖에 가서
얘기해야 된다고요. 나는 그제야 깨달았다. 눈을 번쩍 떴을
때 나는 이불을 뒤집어쓴 채 눈물에 초절임이 된 슬라이스
생강이 되어 있었다.

건포도

나는 건포도가 목에 걸려 죽었다. 정신을 차려보니 포도
밭 한가운데에 서 있었다. 포도 넝쿨은 끝이 보이지 않게 물
결치고 잎사귀가 바람에 흔들릴 때마다 포도알이 싱그럽게
빛났다. 햇살이 뜨거워 목이 말랐다. 포도를 따먹고 싶은데
생각해보니 포도밭을 지키는 게 나의 일이었다. 하루는 날
쌘 꼬리의 여우가 포도를 훔쳐 달아났다. 나는 분을 못 이
겨 발을 굴렀다. 날카로운 톱니가 박힌 덫을 놓았다. 다음
날 여우가 걸려들었다. 피 흘리는 사지를 찢어 포도밭에 묻
었다. 가뭄이 찾아왔다. 흙바닥이 갈라져 검은 틈새가 드러
났다. 나는 목이 타는 갈증에 시달렸다. 어느새 포도알은 빠
짝 말라 까맣고 작은 건포도가 되어 있었다. 나뭇가지에 매
달려 산 채로 죽은 포도는 치명적이고 아름다웠다. 그것은
정말 잘 건조된 향긋하고 단내 나는 천상의 열매였다. 수확
이 코앞이었다. 갑자기 모자를 쓴 남자가 어슬렁거리며 나
타났다. 멀찌감치 서서 모자를 자꾸 고쳐 쓰는 모양이 이상
했다. 나 좀 봅시다, 하니까 서둘러 달아났다. 총으로 쏴 죽
였다. 모자를 벗기자 대머리였다. 어쩔 수 없이 사지를 찢어
포도밭에 묻었다. 다음날 어디선가 수만 마리의 까마귀떼가
날아와 하늘을 뒤덮었다. 태양이 보이지 않았다. 허공을 찢
는 울음소리와 함께 까마귀떼가 포도밭 위로 쏟아졌다. 고
함을 지르고 총을 쏴도 소용이 없었다. 나는 뛰어다니며 횃
불을 흔들어 새들을 쫓았다. 작은 불씨가 튀어 포도나무에
불이 붙었다. 이윽고 포도밭 전체가 불타기 시작했다. 까마

귀들은 건포도에 취해 나무에 앉은 채로 불에 타 죽었다. 포
도밭이 폭삭 주저앉았다. 곳곳에서 연기가 피어올랐다. 나
는 정신없이 잿더미 속을 뒤져 겨우 건포도 한 알을 찾았다.
까맣게 타 쭈글쭈글해진 손바닥 위에 마지막 남은 건포도를
올려놓는 순간 바람이 불었다. 나는 흠칫 놀라 건포도를 허
겁지겁 입에 넣고 삼켰다. 그것은 내가 감당할 수 없이 너무
달아 목에 걸려 죽을 만큼 쓴맛이었다.

굿이어 웰트

새 구두는 계속 걷고 싶어하는데 이제 와서 발을 빼기가
미안해졌다 대관령을 넘어 한참을 걷다보면 구름이 낮게 내
려앉아 있는 푸른 초원이 나오고 여기저기서 소 울음소리
가 난다 쇠똥냄새가 난다 이왕 이렇게 된 거 네 잎 클로버
나 찾자 풀밭을 더듬다가 맛있어 보이는 풀을 뜯어먹고 젖
소들 사이를 왔다갔다 따듯한 햇살을 만끽하는 평화로운 주
말 오후인데 갑자기 트럭이 나타나 고리로 내 코청을 꿰더
니 어디론가 실어갔다

　따듯한 나라에서 만든 스웨터를 샀다 주문하자마자 벨이 울려 나가보니 삐쩍 곯은 염소 한 마리가 추위에 떨고 있었다 털이 다 깎이고 군데군데 찢어진 상처에서 피가 났다 이게 어떻게 된 일인가요 전화로 항의했지만 연신 사과만 할 뿐 해외 직배송이라 다시 보내는 데 시간이 좀 걸립니다 문밖의 염소는 억울한 표정으로 문짝을 뜯어먹기 시작했다 우선 집에 들여 마시멜로를 띄운 핫초코를 마시게 한다 가만히 내 눈치를 보더니 식탁에 앉은 채로 존다 내 스웨터는 남쪽 섬에서 짜이는 중이다 염소 털에 파묻힌 직공들은 땀이 흐르는 한여름 속에 있다 나는 애인도 없고 새 옷을 사서 따듯한 겨울을 보내려던 것뿐인데 히말라야에서 온 난민과 방을 같이 써야 한다 냄새나고 코를 고는 염소 한 마리와

생일

　세상에서 제일 큰 생일 케이크를 받게 해달라고 빌었는
데 빌어먹을 대궐집 기둥만한 생일 초를 받아버렸다. 우박
이 떨어지고 천둥 번개가 치자 심지에 불이 붙어 삼천초목
은 불타기 시작한다. 새떼들이 날개를 꺾고 바닥에 곤두박
질치고 키우던 개와 돼지와 소와 양이 귀를 찢으며 울부짖
는다. 시뻘건 촛농이 흘러넘쳐 마을을 덮치자 참다못한 사
람들이 식칼을 들고 몰려와, 이 새끼야 네 제삿날 되고 싶냐
어서 불을 꺼. 그래 이 불은 내가 아니면 끌 수 없는 불. 우
리는 초 기둥 옆에서 잿더미가 되기를 기다리고 있다. 내가
듣고 싶은 말은 생일 축하해.

버섯

가죽소파에 앉아 있던 친구가 버섯으로 변해버렸다 먹어
버릴 수도 있지만 참기로 한다 친구가 독버섯이면 나는 죽
을 수도 있다 내가 버섯을 먹으면 친구는 영영 다시 돌아올
수 없다 나는 죽기도 싫고 친구를 잃기도 싫다 내 마음을 아
는지 모르는지 버섯은 말이 없다 조용하다 나는 버섯을 먹
고 싶지만 조용히 참는 중이다 조용한 버섯 너도 시끄러울
때가 있었지 너는 더 훌륭한 존재가 된 것 같다 버섯을 오래
보고 있으면 나도 버섯이 될 수 있겠다는 생각이 든다 버섯
버섯 소리치면 버섯이 될 수 있을까 버섯이 친구로 돌아오
길 기다리는 중이다 내 몸에서 버섯냄새가 난다 버섯의 순
간이다 버섯을 생각하며 한 마리의 큰 버섯이 된다 이 침묵
과 냄새가 좋다

고기만두

어느 날 한밤중에 고기만두가 너무 먹고 싶었다. 꿈에서 피를 봤다며 간곡히 만류하는 어머니를 뿌리치고 집을 나섰다. 서둘러 산을 오르고 내를 건넜다. 만둣집에 도착했지만 불이 꺼져 있었다. 그러나 오늘밤 꼭 고기만두를 먹어야 했다. 철문을 신나게 두드리자 코가 왕만두만한 만둣집 사장이 겨우 눈을 뜨고 나왔다. 고기만두 한 접시! 소리치자 이걸 죽여버릴까 하는 표정이었다. 서비스로 나온 시원한 엽차 한 잔을 마시다가 그만 정신을 잃었는데 눈을 떠보니 나는 잘게 다져져 고기만두가 되어 있었다. 원통하진 않았다. 고기만두는 고기만두를 죽도록 좋아했던 사람이 죽어서 될 수 있는 최고의 음식이니까. 투명할 정도로 얇고 하얀 만두피 안은 따듯하고 육즙이 가득했다. 극락이다. 몸이 흐물흐물 녹을 지경이다. 갑자기 누군가의 입속에 들어가면 뜨거울 수 있겠다. 초간장에 살짝 찍어서 입김을 호호 불어 먹는 성환 만두! 늦은 밤이라 아쉽게도 손님이 없었다. 나는 온기가 달아날까봐 대나무 찜기 위에 한없이 웅크리고 있었다. 어디선가 노랫소리가 들려왔다. 배고프면 외롭고 외로우면 배고파져. 한밤의 보름달이 고기만두처럼 맛있게 빛났다.

빅 브레드

내가 아침에 울면서 깨어난 건 내가 먹기에 너무나 큰 빵을 만났기 때문이다 오 빅 브레드 집채만한 빵에 얼굴을 파묻고 씹다가 씹으면서 이상하게 눈물이 났다 오 빅 브레드 포기해 네가 먹기에는 너무 큰 빵이다 누군가 내게 손가락질할 때도 입안에 빵이 있다고 생각하니 가슴에 알 수 없는 용기가 솟구쳐 오 빅 브레드 포기하지 않고 끝까지 씹어대겠어 내 온몸으로 증명하지 나는 누에고치 애벌레처럼 꿈틀거리는 인생을 시작하게 되었다 눈부신 햇빛 속에서 오 나의 요람 나의 무덤 빅 브레드

빵

　나는 빵이다 선언을 하자 지나가던 제빵사가 뻥치지 말
라며 내 몸에 식칼을 꽂았다 나는 천천히 피를 흘리며 죽어
갔다 다음날 나는 멀쩡한 빵으로 다시 태어났다 기뻐서 뛰
어다니다가 막 오븐에서 나온 빵틀에 걸려 넘어지는 바람
에 두개골이 박살났다 그래서 죽었다 다음날 나는 진짜 빵
이 되었다 아무 말도 할 수 없고 움직일 수가 없었다 가만히
누워 누군가 날 먹어버리길 기다리는 조신한 빵이 되었다

모자 1

모자를 잃어버리면서 이 여행이 시작되었다 내 머리에 맞는 단 하나의 모자를 찾기 위해 거리를 헤맨다 상점에 들어가 닥치는 대로 모자를 써본다 내 모자는 검고 챙이 넓어 세상을 다 덮을 것 같은 모자 세상의 그늘을 다 끌어모아 온몸에 다크서클을 드리울 것 같은 모자 누군가 나보다 멋진 모자를 쓰고 있으면 참을 수가 없다 당신 모자 좀 봅시다 밤마다 모자를 훔쳐서 찢고 밟고 굴리다가 모닥불에 태워버린다 모자는 불꽃 속에서 재가 되어 사라지고 사람들은 내 모자 내놔 구슬프게 구천을 떠돈다 모자를 찾아 집에 가고 싶은데 이제는 내 모자가 어떻게 생겼는지 기억할 수가 없다

모자 2

　오늘은 큰 모자를 샀다 챙이 넓어서 햇빛을 다 가려주는
모자 모자로서 전혀 모자람이 없는 모자 모자는 깊고 아늑
해 내 몸이 모자 안에 다 들어간다 모자는 한번 쓰면 벗을
수가 없다 모자를 쓰고 있으면 모자 생각이 난다 모자를 벗
고 있어도 모자 생각이 난다 내가 없어도 모자는 혼자서 골
똘히 모자 생각을 한다 나는 얼마나 멋진 모자인가 나는 사
라지고 모자만 남아서 모자를 쓰고 있다

피크닉

밀짚모자에 슬리퍼 차림으로 햇빛이 쨍한 공원에 나가 나
뭇잎 잔뜩 매달린 큰 나무 아래 돗자리를 펴고 앉아 지나가
던 개미들이 쳐다보든지 말든지 갓 구운 베이글에 크림치
즈를 발라 와인도 한잔 곁들이고 깔깔 호호 신나게 떠들다
가 한여름의 뜨거운 대낮 아지랑이처럼 몽롱한 잠에 빠져들
면 순식간에 몰려온 개미떼들이 나를 가볍게 들쳐업고 햇
빛 속을 지나간다

2부

진실의 옛

시집 먹기

밥을 먹으러 식당에 갔습니다. 저보다 먼저 온 한 남자가 식사하고 있더군요. 그 앞에는 시집 한 권이 놓여 있었습니다. 하도 맛있게 먹길래 곁눈질로 뭘 드시나 봤더니 세상에…… 남자는 밥이 아니라 시집을 한 장 찢더니 자기 입에 마구 쑤셔넣고 열심히 씹는 게 아니겠습니까. 놀라운 구경거리였지요. 염소가 종이를 씹어 먹는 것은 봤어도 멀쩡한 사람이 그럴 수가 있나. 그렇게 시집 한 권을 통째로 먹어치운 남자는 눈 깜짝할 사이에 알싸한 초록 형광물질 초절임 생강이 되어버렸답니다. 아무 말도 할 수가 없었지요. 그래서 좋았어요. 그는 웃으면서 울고 있는 것처럼 보였는데 물론 얼굴이 없어졌으니 알 수 없는 노릇이었지만 그를 보고 있으면 어떤 표정이랄 것이 떠올랐거든요. 자기 자신도 몹시 만족스러워한다는 걸 느낄 수 있었죠. 저는 갑자기 목이 메었어요. 고기만두를 한입 가득 씹고 있었거든요. 주변을 둘러봐도 물은 없고 마침 눈앞에 이 남자가, 아니 알싸한 초록 형광물질 초절임 생강이 보였던 거죠. 살짝 망설이던 저는 그걸 젓가락으로 집어다 입속에 쏙 넣어버렸답니다. 시큼하고 알싸하니 눈물이 고이고 또 헛헛한 웃음이 나면서 위장부터 서서히 몸이 녹아내리기 시작했습니다. 그만 눈앞이 캄캄해지더니…… 그리고 보다시피 아무것도 남지 않았습니다.

구덩이

   한 농부가 감자를 심으려고 작은 구덩이를 팠다. 그날따라 유난히 흙은 보드랍고 햇볕은 따사롭게 내리쬐었다. 어디선가 청록빛 꼬리의 까마귀가 나타나 구슬프게 울었다. 갑자기 농부는 구덩이 파는 일이 기분좋아졌다. 구덩이를 왜 파는지도 잊어버리고 구슬땀을 흘리며 열심히 구덩이를 팠다. 손톱이 빠지고 두 손에 피가 흐르는데 좀처럼 구덩이 파는 일을 멈출 수가 없었다. 구덩이가 제 무덤인 줄도 모르고 구덩이 속에 구덩이를 만들어 구덩이의 구덩이의 구덩이의 구덩이의 구덩이의 구덩이를 반복하기 시작했다. 이제는 구덩이를 벗어나려 해도 도저히 벗어날 수 없었다. 지상에서 너무 멀리 떨어져 햇빛도 닿기 힘든 구덩이만 있는 구덩이 속에서 구덩이를 파는 농부를 기다리던 아내가 죽고 자식들은 고향을 떠나 외지를 떠돌다 더이상 소식조차 알 수 없게 되어버렸을 때 농부는 마지막 숨을 거두며 문득 땅 위에 두고 온 감자 생각이 났다.

들개

들개가 나타났다. 비가 오는 날 마을 회관에서 칼국수를
먹던 사람들이 낫, 쇠스랑, 부지깽이, 삽, 숟가락을 들고 뛰
쳐나왔다. 누군가 외쳤다. 저기 들개가 있다. 마을 뒷산으
로 우르르 몰려갔다. 들개는 떼를 지어 돼지를 죽이고 닭을
사냥한다. 사람들을 위협한다. 아이도 물어 죽인다. 마을 이
장이 선봉이 되어 구호를 외쳤다. 들개 잡아라. 예전에 마
을을 떠나던 사람들이 개들을 버려두고 갔다. 버려진 개들
이 들개떼가 되었다. 비가 쏟아지는데 산중턱을 기어오르면
서 진흙탕에 구르고 굴러떨어지고 또 기어서 올라갔다. 들
개 잡아라. 들개 잡아라. 사람들이 만신창이가 되어 정상에
오르니 비가 그치고 해가 떴다. 마을에서 제일가는 양치기
시인이 들깨를 들고 해맑게 웃고 있었다. 칼국수에는 들깨
가 최고죠.

와이퍼

  희곡을 쓰는 사람을 길에서 만났다. 오래전에 그가 해준 쩐득한 토마토 파스타 냄새가 떠올랐다. 쌍둥이 형제가 있다는 소리는 듣지 못했는데 옆에 쌍둥이가 서 있었다. 어딘가로 급히 가는 길이라고 했다. 모두 다 어디론가 간다. 악수를 하면서 차 시인 언제 보지요, 하지만 언제 볼 생각은 없어 보인다. 서로 안부를 묻고 둘은 서둘러 차에 탔다. 운전석과 조수석에 동시에 탔는데 누가 희곡을 쓰는 사람인지 헷갈렸다. 누가 형인지 동생인지 물어볼 수도 있었는데 결정적인 실수를 한 것 같다. 눈꼬리가 약간 올라간 쪽이 형일 거야. 그는 약간 못되게 생겨먹었으니까. 중얼거리며 한 손을 흔들다가 아쉬운 마음에 다른 손도 번쩍 들어 똑같은 속도로 안녕, 하고 흔들었다.

재채기

하루는 시의 요정이 나타났다. 탁구채를 들고 드라이브 연습을 하면서 말이다. 시는 말이야 무게중심 이동이 중요해. 오른발에서 왼발로 영차. 몸통의 축이 회전하면서 파괴력이 생기거든. 네 시는 기본기가 부족해. 에지(edge)가 없어. 채부터 다시 잡으란 말이야. (나는 시답지 않은 이야기를 건성으로 듣는 척한다. 요정은 수전증이 있는지 채를 잡은 손을 덜덜 떤다. 머리숱도 별로 없다.) 시 쓴다고 시건방 떨지 말고 내 말 잘 받아 적어. 현실에서 꿈으로 꿈에서 시로 시에서 현실로 이렇게 중심을 이동하란 말이야. 이게 노력으로 되냐? 아니란 말이지. 세상에는 몰라서 못하는 게 있고 알아도 못하는 게 있어. 자 봐봐. 이 사각의 파란 테이블 위에서 공은 어디로 튈지 몰라. 플레이는 여기서만 해야 해. 시라는 장르의 숙명이지. 그리고 진짜 시는 재채기와 같아. 네가 재채기를 한다고 생각해? 웃기는 소리. 엄밀히 말하면 재채기가 너를 선택하는 거야. 전문용어로는 재채기의 숙주, 재채기의 발사체가 되는 거라고나 할까. 한번 재채기를 하면 너는 너도 모르는 사이에 다른 너로 되튕겨져 나와. (뭐라는 건지 모르겠다. 그래도 요정에겐 고수의 아우라가 있긴 있다.) 격렬한 반사작용이지. 감전된 것처럼 온몸에 제어할 수 없는 경련이 일어나. 작은 죽음. 클라이맥스. 솟구침. 가짜 재채기는 금방 티가 나지. 진짜는 흉내낼 수가 없어. 재채기와 재채기 사이의 긴 침묵이 바로 너야. 네가 살면서 재채기를 몇 번이나 할 수 있다고 생각해? (나도 지금

까지 할 만큼은 했다고 생각한다.) 너는 그냥 기다리는 거야. 아무것도 아닌 거지. 재채기와 재채기 사이에 존재하는 방식을 생각하라구. 마구 스텝을 밟아. 재채기는 잊어버리고 여기서 저기로 저기서 여기로 개발에 땀나게 움직이는 거야. 미친놈처럼 헥헥거려. (그건 진짜 개 아닌가요?) 돌아버릴 때까지 가는 거야. 어떤 우연이 너를 낚아채서 재채기로 뱉어버릴 때까지. 재채기는 기세란 말이야. 온몸을 실어. 너 가짜 할 거야, 진짜 할 거야? 재채기를 믿고 너를 지우란 말이지. 나머지는 재채기가 다 알아서 언어의 밀도와 압력과 기교를 결정한다. 쓰라면 쓸 것이지 말이 많아. 코털도 좀 잘 깎고 잘 좀 하자…… (너는 제초기 돌려야겠다.)

덩어리

덩어리 더미 뭉쳐 있다 반죽 아무 모양 없는 모양으로 표정도 없는 얼굴로 달걀귀신 칼에 찔려도 비명이 나오지 않고 묵묵히 자리를 지키고 말도 없이 꿔다놓은 보릿자루 아무 쓸모도 없는 무게 손가락 발가락 다 잘리고 눈 코 입 뭉개진 먹깨비 굴러떨어져도 다치지 않는 무적 덩어리 끝까지 죽지 않는 슈퍼히어로 어디서든지 뭉개고 또 뭉개는 자세로 무심하고 아프지 않고 뭐든 괜찮아서 더 무서운 덩어리 더미 산더미 순간 쏟아지는 산사태 위험 중심이 없고 겉이 속이고 속이 겉이고 살았는지 죽었는지 들여다보면 뭉근한 덩어리 아직 아무것도 되지 않은 덩어리 손아귀에 들어가지 않는 덩어리 정체를 모르는 덩어리 그림자 물건 그것 엉덩이에서 숯덩이로 얼음덩어리로 사정없이 끓어오르고 얼어붙는 온도 주름과 결을 알 수 없는 덩어리 입에서 뭉개진 소리덩어리 시덩어리 분노를 모르면서 분노로 던져지는 덩어리 덩어리

엿

　엿이 창고에 가득하다 한여름의 엿은 달고 끈적하고 흐물
흐물하다 달아날 생각을 하는지 엿은 녹고 있다 저 엿을 다
팔아야 하는데 엿들이 창고에서 녹고 있다 에어컨이 고장
나서 서비스 센터에 전화를 해도 먹통이다 추운 생각을 하
자 사람들은 흰 눈이 내리는 한겨울에 이빨을 딱딱거리며
엿을 깨 먹는다 붉은 입속에 들어간 엿이 녹고 있다 잇몸까
지 흘러내릴 것처럼 녹고 있다 엿은 결국 녹아내리는 것 이
진실의 엿 앞에서 식은땀이 난다 에어컨이 고장났다 엿이
창고에서 사정없이 녹고 있다 엿을 팔아서 돈을 벌어야 하
는데 창고에 엿이 가득 쌓여 녹고 있다 나는 단내가 나도록
엿 사이를 뛰어다닌다 엿 같은 생각에 잠이 안 온다 엿이 녹
고 있다 창고가 녹고 있다 양손에 엿을 들고 나도 녹고 있다

스키니

　아웃렛에 가서 어울리지 않게 스키니 청바지를 입어보았
다 폼 잰다고 호주머니에 넣은 손이 빠지지 않는다 점장과
점원이 달라붙어 옷을 회수하려고 하지만 아무리 해도 무리
다 바닥에서 버둥거리다가 이대로 구렁이가 돼서 슬쩍 집
에 가고 싶다는 생각이 간절해졌지만 돈이 없다 나는 스키
니 청바지에 잡아먹힌 남자를 연기한다 행위예술이다 관람
객들이 땀범벅이 된 스키니 청바지 인간을 보러 구름떼처
럼 모인다 카운터가 붐비고 장사가 성행한다 오줌을 지릴
때쯤 폐점 시간이 되어 나는 불 꺼진 쇼윈도 안 마네킹으로
다시 태어났다

소금장수

소금은 금이다. 비싸다. 아주 비싸다. 소금 중의 소금 소금의 왕 천일염. 돈 벌고 싶으면 신안으로 가라. 나는 집에 있는 금붙이를 다 들고 신안에 갔다. 돌아오는 차비까지 다 털어 천일염을 사서 수레 한가득 싣고 출발하려는데 주인장 왈, 집에 도착할 때까지 절대로 뒤를 돌아보면 아니 되오. 한순간에 녹아 사라질 수 있으니까. 한여름 땀을 비처럼 쏟으며 서울로 간다. 힘에 부칠 때마다 뒤돌아보면 천일염이 있다. 부자가 될 거야. 군산휴게소에서 잠시 쉬는데 꾀죄죄한 탁발승이 나를 보고 소금은 금이 될 수 없소, 목탁을 두들긴다. 웃기는 소리. 아침에 일어나면 천일염으로 가글하세요. 목청껏 소리치면서 조치원에 다다랐을 때 비가 온다. 방수포도 없는데 비가 온다. 천일염이 부글부글 끓어오르고 사람인 나도 녹아내린다. 희미한 짠맛이 난다. 수레만 남았다. 누가 조치원역에 가서 수레 좀 끌고 와.

리미티드 에디션

전 재산을 주고 굉장히 멋진 팔찌를 샀다 마지막 재고였다 팔찌를 사려고 줄 서 있던 사람들이 옷을 찢으면서 절벽으로 몸을 던지고 나는 보란듯이 팔찌를 흔들다가 그만 잠에서 깼다 팔찌를 두고 왔다 일어나 매장으로 뛰어가려고 보니 집에서부터 줄을 서야 했다 이상해서 이것도 꿈인가 그래도 팔찌를 두고 갈 수 없어 지루하게 한참을 기다렸다 매장 앞에 솔드 아웃이 내걸리자 사람들이 비명을 지른다 나도 어쩔 수 없이 절벽에 몸을 던지고 잠에서 깼다 밍밍한 손목을 쓰다듬는다 잃어버린 팔찌 때문에 잠이 안 온다 검은색 가죽에 금장 락스터드가 둘러진 세상에 하나뿐인 팔찌

모과

　지도를 따라 산을 한참 올라가니 모과나무들이 나왔다. 구름이 낮게 깔린 구릉에 사람은 없고 모과나무만 가득했다. 시큼한 냄새가 진동했다. 가지가 잔뜩 뒤틀린 채 하늘을 향해 뻗어 있었다. 이곳은 신의 정원이로구나. 모과나무에 달린 모과는 완전히 *생 노랑*이야. 지구상에는 없을 것 같은 *생 노랑*의 빛이 어찌나 눈부신지 그림자조차 없었다. 모과나무에 다가가 열매를 이리저리 뒤적거리는데 모과 꼭지에 알파벳 YSL이 작게 새겨져 있었다. 어디선가 호각소리가 들리고 흰 장갑을 낀 경비원이 달려왔다. 나는 깜짝 놀라 모과를 떨어뜨리고 말았다. 여기까지가 내 꿈속 이야기야. 모과나무 아래에서 내 이야기를 듣고 있던 친구는 흰 장갑을 끼고 있었다. 친구는 땅에 떨어진 모과를 주워 나에게 건네며 그 꿈을 자신에게 팔라고 했다. 흔쾌히 그렇게 하겠노라고 고개를 끄덕였는데 받고 보니 모과는 검게 썩어 있었다. 시취가 진동했다.

브롤스타즈*

어느 날 나는 친구들과 뒷골목을 누비다가 바나나를 들고 가는 놈을 만났다. 나는 놈의 바나나를 빼앗아 친구 A에게 던졌다. 우리끼리 놈을 둥글게 에워싼 후 A가 B에게 바나나를 던지고 B는 C에게 C는 D에게…… 뭐 그런 식이다. 바나나를 빼앗긴 놈이 악착같이 바나나를 잡으려고 뛰어다닌다. 두 손을 허우적거리며 부딪히고 구르고 넘어지고 그 모양이 진짜 눈물나게 웃긴다. 이놈은 그놈의 바나나가 뭐라고 무르팍이 깨지고 눈물 콧물 흘리며 처절하다. 동네 사람들이 이 재미를 알았는지 잔뜩 모여들어 원이 훨씬 더 커졌다. 손에 손 잡고 벽을 넘어서, 위 아 더 월드, 지구는 둥그니까 자꾸 걸어나가면…… 노래를 부르며 난리가 났다. 이게 다 내가 벌인 일이에요, 소리치며 낄낄거리다 오랫동안 나에게 바나나가 오지 않자 조바심이 났다. 어느덧 태양이 숲 너머로 지고 있었다. 어두워지고 있었다. 이제는 바나나도 안 보이고 그놈도 안 보였다. 누군가의 손에서 검은 반점으로 온몸이 뒤덮인 채 물컹한 농을 흘리고 있을 바나나를 생각하니 슬퍼졌다. 바나나는 검고 푸르스름한 빛으로 사라지고 있을 터였다. 나는 이 게임의 알파와 오메가요, 시작과 끝이다. 나는 급히 원의 중앙으로 뛰어들었다. 나한테 패스해, 패스! 어디선가 축구공 하나가 날아왔다. 손으로 잡았는데 축구공에는 젖꼭지가 달려 있었다. 나를 둘러싼 사람들이 소리쳤다. 네가 이 시를 망쳤어! 망했어! 망할!

* 슈퍼셀에서 출시한 모바일 슈팅 게임. 다양한 게임 모드 중 하나
인 '브롤 볼'은 상대방의 골대에 먼저 두 골을 넣는 팀이 승리하는
축구 게임이다. 종종 같은 팀 플레이어끼리 공을 패스하지 않거나
공격하는 시늉을 하는 등 따돌리는 일이 발생한다.

수제비

한밤중에 시를 쓰다가 잠들었는데 시의 요정이 나타나 너도 우아하고 세련되게 시를 찢고 수제비 뜯듯이 시를 뜯어 봐 먹기 좋게 연을 주고 행을 나눠 달콤하게 속삭이는데 하마터면 넘어갈 뻔했다 너는 시의 악마 내일 아침 비가 오면 내가 좋아하는 삼청동 수제비 먹으러 가야겠다 나는 충분히 연을 나누고 행을 주고 있다 이게 한 행이고 한 호흡이고 다음 연은 곧 찾아올 거다 수제비 한 그릇을 다 먹고 나면 다음 연이 짜잔 나타나 내 시를 이루리라 아직도 한 편의 시가 쓰이지 않았다 이 새끼야 이 시의 요정 새끼야 넌 영원히 쓸 수 없을 거야 쓰기도 전에 실패한 시

얼굴

콧구멍을 파다가 일이 커져 얼굴을 붙잡고 숟가락으로 파
내기 시작했는데 파면 팔수록 쾌감이 생겨 무섭지만 돌아갈
수 없고 얼굴은 끝을 알 수 없는 깊고 아늑한 굴과 같아 자
꾸 어디론가 연결될 것만 같으면서도 또 옴팡한 무덤 속 같
고 얼굴은 굴이라네 콧노래를 부르며 신나게 숟가락질을 하
다가 어느 순간 내 잘생긴 코가 없어졌다는 걸 깨닫고서는
막 슬퍼지려는데 예전에 지었던 슬픈 표정이 잘 떠오르지
않아 축축한 얼굴의 굴속에서 혼자 통곡을 했다

당신들의 시는 내게 없다

내가 내 시를 낭독하자 광장에 장미꽃을 든 수많은 사람
이 환호성과 함께 꽃을 씹어 먹으면서 붉은 입술로 저주를
퍼붓고 나는 온몸이 땀에 젖어 이마에서 떨어지는 땀으로
내 손에 들린 내 시가 적힌 종이를 적시고 흐물흐물 녹아버
린 시가 형체도 없이 흘러내리고 나는 연단에 서서 내게 시
를 달라 소리치는 군중에게 둘러싸여 **다 꺼져!** 참을 수 없이
성난 사람들이 까마귀떼처럼 돌진해와 내 몸을 찢어발기고
뼈와 살을 나눠 갖고는 집으로 돌아갈 때 문득 광장 입구에
반쯤 기울어진 현수막 글씨가 눈에 들어왔다

핵비누폭탄

나는 이제 웃지 않기로 했다. 나는 하얀 비누인데 웃으면 웃을수록 거품이 나서 공기 중으로 사라지는 중이다. 바보들은 웃는다. 웃기지도 않는다. 깔깔거리는 포복절도. 죽기 직전에 뿜어내는 게거품 같다. 비린내가 진동한다. 웃지 않으려는 이유가 뭔가요. 녹지 않으려고요. 비누는 비누끼리 낄낄거린다. 웃지 않는 비누가 되려고 안간힘을 쓴다. 네가 녹지 않고 배기나 보자. 짜증나서 웃음 한가운데에 몸을 던졌다. 맹렬하게 녹는 울음이다.

3부

이곳은 잡초의 무덤 잡초의 요람

잡초들 1

잡초가 자라길 기다린다 잡초는 풀색이고 잡초는 쓸모없고 잡초는 잡풀 잡것 쓰레기 잡다하니 마구 자란다 꽃도 없이 번식한다 뿌리가 땅을 휘감는다 먹는다 배고프다 차지한다 있다 그냥 있다 뿌리로 악착같이 땅을 붙잡고 기다린다 무엇을 기다리는지도 모르고 기다린다 비를 기다리고 천둥을 기다리고 잡초를 기다린다 또다른 잡초를 기다린다 잡초가 잡초를 복제하고 잡초가 잡초를 배신하고 잡초가 잡초를 잡아먹고 잡초는 자란다 죽어서도 자라고 살아서도 자라고 잡초만 남을 때까지 진저리치는 잡초들 거들떠보지도 않는 잡초들 글자를 지우고 지우는 잡초들 거꾸러져도 자란다 잡초만 남을 때까지 잡초는 자란다 죽은 줄 알았는데 뒤돌아보면 다시 자란다 죽어서도 자란다 자라면서 죽는다 없다가도 있고 있다가도 없다 잡초들 멍청한 잡초들 잡초를 기다린다 실패한 잡초들 맹렬한 잡초들

잡초들 2

　몸에서 잡초가 자라기 시작했는데 잡채를 좋아해서 그런 줄 알았다 콧구멍 속에 자란 잡초에 숨이 막혀 입을 벌리고 잔다 머리는 풀빛이고 변에 잡초가 섞여 나온다 아무리 잘라내고 뽑아내도 잡초의 속도를 이기지 못해 나는 오늘 하루도 잡치고 양손으로 가슴에 난 잡초를 마구 뜯으며 잡초만 자라는 쓸모없는 흙덩어리 녹슨 낫이 버려진 무덤 이렇게 지루한 자책을 끝내고 나서 룰루랄라 몸에 깃든 메뚜기와 방아깨비가 뛰는 모습을 지켜보고 둘이 싸움도 시켜보고 내 등에 기어올라 잡초를 뽑아줄 사람을 기다린다 이윽고 겨드랑이에 상추와 치커리가 자라고 정수리에 꽃이 필 때까지 잡초들이 모여서 뭐라고 쑥덕이길래 가서 욕하고 때려주고 쑥떡이 되도록 짓밟아줬는데 잡초는 콧방귀도 뀌지 않고 저들끼리 잘 자란다 혼자서도 자라고 둘이서도 자라고 여럿이도 자란다 비가 와도 자라고 눈이 와도 자라고 한참을 있다 뒤돌아봐도 자란다 자란다는 건 뭘까 물어봐도 잡초는 아가리 닥치라며 맹렬히 자란다 누가 보든 안 보든 상관없이 자란다 이유도 없이 목적도 없이 의욕도 없이 잡초는 자란다 잡초를 뽑은 자리에 잡초가 자란다 지랄같이 자란다 잡초 속에 잡초가 있다 잡초는 자란다 결국에는 진짜 잡초만 남을 때까지 잡초는 자란다 시치미 떼고 가만히 잡초 옆에 가 앉는다 여기 잡초가 있다 잡초는 자란다 잡초는 자란다

잡초들 4

잡초는 한자리에 묶여 한숨에 자란다 하룻밤에 한 마디씩
자란다 자면서 자란다 자라면서 잔다 키가 자란다 자꾸 허
공에 금을 그어 자기 키를 확인하면서 아니 자꾸 지우고 지
워 부정하는 방식으로 무언가를 자꾸 포기한다 한 포기로
바람에 흔들린다 한군데 가만히 있으면서 한없이 자란다 무
한으로 자란다 한 눈금의 한계를 자기 혼자 뚫고 혼자서 오
로지 잡초로 자란다 나는 여기 있다 있다 있다 있다 있다를
자꾸 욱여넣는다 주문을 외면서 없다 없다 없다를 이겨내려
는 듯이 있다 없다 있다 없다 있다 없다 리듬을 만들어내는
것 그렇게 여기 있는 것 그리고 없는 것 잡초는 한번 자리잡
으면 뽑히지 않는다 한번 있다는 영원히 있다 지긋지긋하게
어둠 속으로 계속 퍼져내려가는 것 뽑혀도 한번 있다를 악
착같이 지켜내는 것 대지에 남아 있는 것 한숨을 쉬면서 하
루종일 흔들리면서 있다 있다를 만들어내는 것 한없이 생각
이라는 생각을 피워내는 것 씨를 한없이 퍼뜨려 잡다한 생
각을 마구 피워내는 것 내가 잡초라는 사실을 잊는 것 잊으
면서 싱싱하게 자라는 법을 평생 동안 배우는 것 비웃음을
견디는 것 누가 가르쳐주지 않아도 잡초의 몸을 내는 것 자
라면서 죽는 법을 배우는 것 죽어도 자라는 것

잡초들 5

잡초는 잡초구나 잡초는 맛있지 잡초는 짭조름하고 잡초
는 잡초로서 잡초가 할 수 있는 잡초의 길을 가고 잡초가 자
라나는 속도로 잡초는 사라지고 사라지는 잡초 위에 자라는
잡초가 뒤에 피는 잡초 눈치를 보며 조심스럽게 잡초가 되
고 자기가 잡초인 줄도 모르는 잡초가 주변의 잡초를 비웃
으며 생각도 없이 자라고 잡초가 뭉텅이로 모여 있는 곳에
잡초처럼 되지 않으려고 애쓰는 이상한 잡초도 자라는데 잡
초 옆에 잡초가 잡초 옆에도 잡초가 잡초는 절대로 지지 않
고 결코 이긴 적도 없고 아무도 상대 않는 잡초는 잡초로서
만 무의미한 잡초의 몸으로 잡초로 파전을 부쳐 먹을 때까
지 개잡초 죽어라 해도 절대 죽지 않아 잡초는 잡초로서만
잡초를 지우고 잡초만 남을 때까지 잡초가 화병이 나 머리
가 꼬꾸라져 죽을 때까지 잡초는 잡초에게 편지를 쓰고 잡
초가 잡초를 찢고 쥐어뜯고 씹어 먹고 삼키고 똥싸고 토하
고 이곳은 잡초의 무덤 잡초의 요람 잡초의 산 죽음 마지막
엔 잡초만 남는 곳 잡초만 잡초만 끝까지 잡초만 남아 다 사
라져도 잡초만 남는 곳 잡초처럼 자라는 잡초들 잡초 없이
는 아무것도 아닌 잡초들

잡초들 6

　잡초 뒤에 잡초가 자란다 아무 생각 없이 자란다 금이 간 아스팔트 틈새에 자라는 잡초도 봤다 흙 알갱이 하나 위에도 잡초가 자란다 무언가 움켜쥐는 힘으로 악착같이 자란다 키우는 사람도 없는데 묻지도 따지지도 않고 잡초는 자란다 알아서 자란다 몰라도 자란다 의미도 없이 꽃도 없고 얼굴도 없이 없는 대로 자란다 스스로 자란다 스스로 뭐가 뭔지도 모르고 자란다 잡초는 잡초로 자란다 다른 잡초와 다를 바 없는 잡초가 자란다 야망도 없이 잡초는 자란다 비가 내려도 눈이 내려도 자란다 자라면서 잡초가 된다 인생 다 잡쳐도 잡초는 자란다 자란다 잡초가 자란다 아무 말 없이 잡초가 자란다 자라는 것밖에 모르는 잡초가 자란다 마구 자란다 그냥 자란다 잡초는 커서 잡초가 된다 잡초가 꿈꾸는 잡초 인생 잡초를 완성하려고 잡초가 자란다 죽어서도 자라는 정신 다른 것은 안 하고 자라는 것만 하는 잡초 잡초에서 잡초로 끝나는 잡초 잡초를 잡아먹는 잡초 가도 가도 끝이 없는 잡초 잡초는 생각 없이 자란다 배고파 죽겠어서 밥을 급하게 먹었더니 배불러 죽겠다 여름엔 더워 죽겠고 겨울엔 추워 죽겠다 이렇게 해도 죽겠고 저렇게 해도 죽겠다 모든 이야기는 죽겠다로 끝이 난다 움직씨의 기본형태는 죽다 죽다에서 시작해서 죽겠다로 돌아온다 흙에서 흙으로 영원한 과거형에서 분해된다 사라진다 이 너저분하고 시끄러운 흙들은 좋아 죽겠다고 난리도 아니다 그 위에 풀 한 포기만한 슬픔 어제는 좋아 죽겠다가도 오늘은 어째 슬퍼서도 죽겠다 그냥 아무것도 안 하고 있어도 죽겠다 죽는 것도 가지가지 나도 죽겠다 너도 죽겠다 이러나저러나 결국 죽는 건 매한가지 이러다가 우리 다 죽어 죽어도 좋아 죽어도 좋은 것이 있었으면 좋겠어 이 잠깐의 햇빛과 바람이 좋다 좋아 죽겠다

4부

심장과 두 다리만 남은 슬픔

토마토가

토마토를 던지면 토마토 냄새가 난다 토마토가 터지면 토마토 냄새가 난다 손끝을 떠난 토마토가 공중에서 비명을 지른다 토마토가 터지고 바닥에 뒹굴고 붉은 진물이 흐르고 토마토가 토마토보다 더한 토마토 냄새를 토하고 토마토가 꿈꿀 수 있는 흙과 줄기와 햇빛과 비와 바람이 순식간에 흘러나와 장렬하게 토마토의 죽음을 기억하고 지극히 아름다운 토마토를 현기증 나는 냄새로 지워지지 않는 얼룩으로 기억해야 하고 토마토는 여기 있었다 내 손아귀에 붉은 토마토는 몸의 피부막을 열어 토마토의 몸을 포기하고 진짜 토마토를 얻는다 토마토는 뭉그러진 과육덩어리 도롱뇽 알 같은 녹색 뭉치가 터져나와 토마토는 냄새와 빛깔과 꿈 살인과 가장 가까운 과일 채소 꿀렁거리는 내장 파충류의 피 냄새 토마토가 터진 토마토를 토해놓고 토마토를 바라본다 산 토마토가 죽은 토마토에게 날아가는 중이다 나는 토마토와 같은 속도로 저 바닥에 꽂힌다 해가 진다 곧 토마토가 터진다 핏빛으로 빚은 토마토가

기울기

  나는 기울어져 있다 기울어져서 걸어다닌다 의자에 앉아 기울어져 졸기도 한다 진짜 기울어졌나 거울을 갸우뚱 바라보다 진짜 기울어진다 비탈에 서 있는 것처럼 구부정하게 기울고 척추를 바로 세워도 조금씩 기울고 기울어져 기우는 중이다 무너지는 중인가 쓰러지는 중이다 비스듬히 중력을 버티는 중이다 기우는 운명을 한탄하며 우는 중이다 울면서 기우는 중이다 오래 기울면 우는 것이다 기울기를 포기하지 않는 것이다 기울기에 갇혀 울다 지쳐 졸기도 한다 기울어지면 기울어진 쪽으로 향하는 것이다 그런데 어디로?

걸음 5

　걸음을 걸으면서 걸음에 푹 빠져 걸음을 잊을 정도로 걸음에 몰두하는 자신도 모르게 걸음에 실려가면서 걸음은 사라지고 걸음의 감정만 남아 호흡과 리듬만 남은 걸음이 규칙적으로 슬프게 걸음의 밑바닥에 맨발이 떠내려가고 바닥과 바닥이 맞닿으면서 끊임없이 밀려드는 물결이 밀려가는지 밀려오는지 가만히 서서 가늠할 틈도 없이 걸음이 서서히 얼음으로 녹아내려 차가운 비와 뜨거운 눈물이 강물의 물결에 지워질 때까지 흘러가는 꿈결에 실려 어디론가 이미 도착한 걸음을 또다른 도착점에 도착시키려 도착적으로 집요하게 악랄하게 결국은 어디론가 저 멀리에 도착시키기 위해 안간힘을 쓰며 걷는 꼴이 되고 불시착도 아름다운 도착인가 장렬한 추락의 끝 스스로 무너지는 춤의 멈춤을 기억하면서 걸음이 걸음을 지우고 심장과 두 다리만 남은 슬픔을 운반하는 말도 안 되는 걸음을 포기할 때까지 걸음이 걸으면서 걸음을 꿈꾸는 걸음의 걸음을 다시 시작하는 걸음의 감정에 대해

발바닥으로 나를 밀어올려 쓰러지지 않게 균형을 잡으며
걸음이 간신히 걸음을 걷는 일에만 몰두할 때 왼발이 오른
발을 오른발이 왼발을 부르는 반복의 반복의 무의미의 반복
을 따라 아무 생각 없이 걸음이 순전히 걸음으로만 작동하
는 의식 없는 걸음에 올라탔을 때 몽롱한 강물의 무료와 권
태 속에서 흐르는 길을 따라 걸음 위에 얹혀 어디론가 가고
있는 나를 발견하고 멈출 수 없는 걸음은 슬픔과 기쁨과 울
음 무한히 움직이는 감옥 걸음이 자신의 걸음 속에서 또다
른 걸음을 발견하고 발명하고 지랄하고 발작할 때까지 골반
과 무릎과 발바닥이 차례대로 무너지는 순간을 바닥을 헛딛
는 순간을 기다리고 기다리면서 예상치 못하게 나의 걸음은

당나귀

가끔 어머니는 나를 보고 귀가 좀 컸으면 하고 아쉬워한
다 귀가 작은 나는 풀이 죽는다 할 수만 있다면 어머니 뱃속
에 다시 들어가 큰 귀를 달고 나와 보란듯이 그 큰 귀를 세
우고 뛰어다닐 텐데 그러면 사람들이 소리치겠지 세상에 저
빛나는 귀 좀 봐! 의기양양해져 어머니를 등에 태우고 달리
면 신이 나겠다

속눈썹

나는 속눈썹이 몹시 예쁘고 길어서 물을 주고 관리만 잘한다면 무럭무럭 자라나 하늘을 향해 멋지게 뻗친 깃털을 가질 수 있을 거고 요것 보세요 이 작은 깃털 하나가 기뻐서 나는 온 동네를 뛰어다니며 자랑을 하느라 시간이 아까워 잠을 잘 수가 없고 이 아까운 깃털이 사라지기 전에 이 깃털의 검은 빛깔과 냄새와 무게와 삐침과 온도와 분위기와 어울림을 더 많은 이에게 알리기 위해 속눈썹이 휘날리도록 분주하게 뛰어다닐 텐데 그러던 어느 날 세상 사람들이 지겨워하면 나는 가볍고 가벼운 깃털에 붙들려 하늘로 날아갈 수도 있을 거고 그렇게 천사처럼 뭉게구름 위에 쭈그리고 앉아 이 지겨운 속눈썹을 쥐어뜯으며 엉엉 우는 날이 오겠지 뜯겨진 속눈썹 아래로 피눈물은 비처럼 바닥에 흩뿌려지겠지

비

    비가 내리면 비의 살결과 비의 숨결이 비의 물결이 비를 맞지 않는데도 비를 보지 않아도 빗소리는 내 귓바퀴를 맴돌아 내 몸을 채우고 흘러가는 비의 빗방울이 마중물처럼 내 몸속의 물을 깨워 뜨겁고 일렁이고 소용돌이치는 몸속의 빗방울이 역류하는 밤 가득 채우고 솟구치고 흘러넘치는 물 위로 사정없이 두들기는 빗방울들이 이유도 없이 나를 열고 비집고 깨우고 보이지 않는 검은 비가 나를 흔들어 나는 젖은 웅덩이로 고여 있다 조금씩 잦아들고 휘발되고 스며들고 눅눅한 물기로 희미한 얼룩으로 사라지는 이 비의 종결을 묵묵히 바라보는 비 비 비 비 비

삽

　나는 산을 좋아하지 않는데도 산을 오른다. 뒤를 돌아보면 도시는 불타고 있다. 전쟁이다. 적군이 나를 잡으러 산으로 몰려온다. 도망갈 곳이 없다. 죽을힘을 다해 기도한다. 삽 하나만 내려주세요. 땅을 파고 기어들어가 숨어 있을 작정이다. 하늘에서 삽이 떨어진다. 너무나 많은 삽이 떨어져서 삽에 머리가 찍혀 죽은 적군이 수두룩하다. 나도 삽에 머리통이 찍힌 채 도망간다. 뒤를 돌아보니 살아남은 적군들이 땀을 흘리며 땅에 시체를 파묻고 있다. 식목일도 아닌데 사이좋게 무덤 옆에 나무도 심고 꽃도 심고 차례도 지낸다. 당분간은 나를 잡을 생각이 없어 보인다.

개똥

내 주위를 맴도는 개가 있다 개는 내 귓속에 말한다 너는
내가 싼 똥이야 금방이라도 먹어버릴 수 있지 그러면 내가
말한다 나는 개고기를 좋아해 너를 먹고 똥을 싸겠어 누가
먼저 개똥이 될지는 모르겠지만 개똥 같은 상황임은 분명
하다 이것저것 훈계하는 개 때문에 짜증도 나지만 또 개가
없는 세상에서 살고 싶다고 기도하지만 이제는 개가 없으
면 쓸쓸할 거 같다

캐치

　내 손목을 입에 물고 달아나는 개를 쫓다가 잠에서 깼다. 너덜너덜한 손을 허공에 허우적거리다가 정신을 차렸다. 꿈 속에 피 흘리는 손목을 두고 올 수 없었다. 다시 잠이 들었다. 안개가 자욱이 낀 문 앞에 개가 손목을 입에 물고 마중나와 있었다. (야, 이 개새끼야!) 소리치고 싶었는데 목소리가 나오지 않았다. 그런 내가 우스운 모양인지 개는 꼬리를 흔들며 내 앞으로 다가왔다. 손목이 발 앞에 떨어졌다. 네 손목은 돌려줄게. 어떤 개는 사랑하는 주인의 손을 핥으며 잠이 든단다. 주인은 손이 아니라 지금 너를 껴안은 내 두 팔도 다 줄 수 있단다, 하고 속삭이지. 그날 밤 개는 주인이 던진 고깃덩이를 받아먹는 꿈 속을 헤맨단다. 달콤한 피맛이 느껴질 때쯤 무언가 이상하다는 것을 알아채지만 이미 늦어버렸지. 꿈속에서 너무 흥분한 나머지 주인의 손목을 갈기갈기 찢어놓은 거야. 잠에서 깬 개는 피 흘리는 주인을 보고 어쩔 줄 몰라 손목을 입에 문 채 팔층 창문을 깨고 달아난다. 주인은 개를 뒤쫓아 몸을 던졌고 지금 여기 내 눈앞에 온 거야. 나는 개의 이야기에 약간 감동한 것 같다. 기억에도 없는 나의 개를 떠올리려고 애썼지만 도무지 알 수 없는 일이었다. 모든 대사를 마치고 쓸쓸히 뒤돌아 가는 개를 보니 문득 심심해졌다. 피 흘리는 손목을 제자리에 끼우다 말고 헤이 퍼피! 순간 귀를 쫑긋 세운 개에게 손목을 내가 할 수 있는 한 멀리 힘차게 더 멀리 하늘 높이 던졌다.

나의 개

시골 장에서 까맣고 피부병에 걸린 못생긴 개를 샀다 귤장수 할머니는 손목에 묶어둔 개 목줄을 풀어 내게 건네고 노잣돈 이천오백원을 받았다 황천길 떠날 날이 머지않았다나 이 불쌍한 것을 잘 부탁한다면서 앙상한 손으로 귤을 어루만진다 자세히 보니 귤은 하얗고 푸른 곰팡이로 덮여 있다 내가 지적하자 귤장수 할머니는 아니야 아니야 소리를 지르며 허겁지겁 귤을 바구니째 까 잡숫고 황천길로 떠난다 이제는 내가 널 돌보마 내가 너의 주인이다 개를 앞장세워 걷는 마음은 이상하게 뿌듯하고 자랑스러워 나의 사랑스런 까만 개여 나도 개가 생겼다 혹시 썩은 귤 냄새 나는 할머니가 그리운 거는 아니지 썩은 귤을 먹으면 썩은 귤밖에 더 되겠니 우리집에 가서 목욕도 하고 밥도 먹고 같이 잠도 자고 산책을 하며 지는 해도 같이 보자 나는 혼자고 끝까지 혼자고 혼자여서 내가 외로울 때 너는 작고 붉은 혀로 내 발등을 핥고 나는 네 검은 털을 손가락 사이로 쓸어주리라 개는 글썽이는 눈빛으로 나를 올려다보고 나는 어깨를 들썩이며 우쭐거리다 순간 줄을 놓쳤을 때 빈 벌판으로 쏜살같이 도망치는 나의 개여 그곳에는 아무것도 없다 나무 한 그루 없이 지평선만 끝없이 펼쳐진 황무지 낮에는 태양이 작열하고 밤에는 지독한 어둠 속 늑대 울음소리가 들리는 저 빈 들판엔 너의 무덤만이 있다 금세 허기진 얼굴로 굶주린 배로 풀이 죽어 다시 내게로 돌아올 나의 개여 허옇게 튼 입술을 달싹이며 배고파서 그랬어요 말을 하면 나는 아이고 배가 고파서

그랬구나 호주머니에서 기쁘게 귤을 꺼내 주리라 까맣고 못
생긴 작고 슬픈 나의 개여

헬스 광인

　평소 건강을 자신하던 근육질의 육체파 외삼촌이 급사했다. 체격이 너무 좋아 관짝에 차고 넘쳤다. 울룩불룩한 근육이 금방이라도 터져나올 것 같았다. 이거 삼일장이 아니라 헬스장으로 해야 하는 거 아냐. 발로 밟아 근육을 욱여넣은 후에야 겨우 관뚜껑을 닫았다. 선산에 묻은 다음날부터 외삼촌이 꿈에 나왔다. 얼굴에 발자국이 선명했다. 외삼촌은 나에게 지게를 메게 하더니 아령을 한가득 싣고 산으로 끌고 갔다. 다리가 움직이지 않는데 근육을 길러야 사내라며 나를 질질 끌고 갔다. 어디서들 왔는지 산에는 웃통을 까고 기합도 넣으면서 헬스하는 사람 천지였다. 벌써부터 집에 가고 싶었다. 자세히 보니 근육들이 죄다 실룩거리며 시큼하게 썩고 있는데 아무도 아랑곳하지 않았다.

털복숭이

　오래전에 집을 나간 그가 벨을 누르고 문 앞에 서 있었다
한 번도 깎지 않은 머리털과 수염과 손톱으로 더럽게 늙고
수북하고 뾰족한 그가 벨을 누른다 나는 방안에서 숨을 죽
이고 이불 속으로 들어가 벌벌 떤다 나는 그가 나라는 것을
안다 그는 내가 그라는 것을 안다 벨을 누른다 내가 참지 못
하고 문을 열면 그는 나를 한입에 꿀꺽 삼키고 집에 들어가
따뜻한 물로 목욕을 하고 깻잎에 밥을 싸 먹고 삼십 년 동안
깊은 잠을 자리라 꿈속에서 나는 집을 나와 정처 없이 밖을
헤매다가 이 대문 앞에 이르러 다시 벨을 누르고 비로소 나
는 긴 잠에서 깨어났다

도둑

집에 도둑이 들고부터는 집을 나가기 전에 꼭꼭 문단속을 한다. 문이 제대로 잠겼는지 문고리를 쥐어짜듯 쥐고 앞뒤로 흔들어보고 나서야 집을 떠나지만 얼마 안 있어 다시 집으로 돌아와 또 그 짓을 하고 있다. 집에 있어도 몰래 문을 열고 들어오는 도둑 생각이 난다. 문이 잘 잠겨 있나 살금거리며 문 앞에 다가가면 그러는 내가 도둑 같다. 잠이 안 온다. 도둑이 금방이라도 문을 열고 들어와 집을 통째로 털어갈 것 같다. 도둑은 문을 부수지 않고 아주 고요하게 잠입한다. 있는 듯 없는 듯 자연스럽게 순식간에 훔쳐간다. 아주 세련된 방식으로. 나는 도둑의 우아한 몸짓과 고도의 집중력을 사랑하기 시작했다. 도둑은 집에 없는 것 같지만 늘 집에 있는 것 같다. 항상 호시탐탐 우리집을 노린다. 나는 도둑을 느끼기 위해 조용해졌다. 까치발을 들고 말수가 줄어들고 도둑처럼 속삭인다. 급기야 집에 들어온 도둑이 나를 발견하고 도망가지 않게 집에서 숨어 다닌다. 도둑은 아직 아무것도 훔치지 않았는데 우리집을 통째로 삼켜버렸다. 너희 집에도 갈 거야. 불 끄고 기다려.

바게트

바게트 빵을 사서 집에 가다가 굶주린 개떼를 만났는데 또 뺏기기 싫어서 그대로 선 채로 돌연히 바게트를 씹어 먹기 시작했다 미친듯이 짖어대는 개들이 돌격해오기 전에 이 빵을 다 먹어버릴 거야 돌덩이 같은 바게트를 결연하게 씹고 또 씹다가 나는 다 쓰러져가는 오두막집에 보살필 어린 동생이나 그 흔한 할머니 하나 없는 게 막 슬퍼져서 울음이 터져나왔고 뺨 위로 흐르는 눈물에 찍어 먹는 바게트 빵 맛이 황홀해 개떼들이 나를 쓰러뜨린 후에도 정신을 차리지 못하다가 내 몸이 순식간에 물어뜯기고 갈기갈기 찢겨 길바닥에 빵 부스러기만 남았을 때 어디선가 희미하게 갓 구운 바게트 빵 냄새가 났다

블랙아웃

나는 검은 줄 하나를 질질 끌고 다닌다 몇 해 전까지 그 끝
에 개가 매달려 있었고 비가 몹시 오는 날 나는 정신없이 술
에 취해 다 잃어버렸다 애완하는 자랑스러운 개였는데 웃기
도 잘하고 나 대신 갈 곳을 정해주고 머물 곳을 일러주던 유
일한 친구였는데 그때부터 죄책감에 술을 끊고 산다 캄캄한
밤이면 골목에서 걸어나올 것만 같아 버리지 못하는 검은
줄이 내 기다림의 형식 나는 줄 끝에 매달려 산다

움직임의 시

조대한(문학평론가)

당신은 달리고 있다. 뜀박질을 시작한 출발선도 다다라야 할 목적지도 도통 기억이 나지 않지만 자신의 존재를 인지한 그 순간부터 당신은 이 레이스에 뛰어들어 있는 상태다. 태어나면서부터 누군가에게 사명을 부여받은 것처럼, 발걸음은 어리둥절한 당신의 몸을 어딘가로 계속 이끌어나간다. "이유도" "목적도" "의욕도 없이"(「잡초들 3」) 오로지 자라나는 것만을 지상명령으로 부여받은 잡초들처럼, 혹은 "왼발이 오른발을 오른발이 왼발을 부르는" "무의미의 반복을 따라"(「걸음 6」) 걷는 구두굽처럼, 당신은 그 한없는 움직임을 멈추지 않는다. 지금 당신에게 가능한 선택지는 두 가지이다. 하나는 이 무의미한 운동을 중단하는 일이다. 당장 걸음을 멈추고 달음질의 연유를 따져 묻는다. 이는 부당한 행보를 강요하는 세계를 향해 던지는 질문이자, 더이상 허위의 흐름에 휩쓸리지 않겠다는 의지의 표명이 될 것이다. 다른 하나는 그럼에도 움직임을 이어나가는 일이다. 공허한 걸음의 불가해함을 받아들이고 스스로 속는 자가 되어 길을 만든다. 물론 시인의 선택은 명백히 후자 쪽이다.

움직임에 대한 차성환 시인의 관심은 전작인 『오늘은 오른손을 잃었다』(천년의시작, 2018)부터 오래도록 지속되어 왔다. 유성호 문학평론가는 추천사를 통해 "반복적 점층에 의한 율독적 가파름"을, 함기석 시인은 "멈출 수 없는" "움직씨들의 무한 보행"을 첫 시집의 중핵으로 짚어낸 바 있다. 눈 밝은 앞선 해석들에 기대어 한 발짝 더 나아간다면, 시인의 두번째 시집에서 우리가 초점을 맞추어야 할 부분은 그의 시가 여전히 반복된 움직임을 멈추지 않는 까닭이 무엇인지다. 시인은 대체 어디를 향해 가는가? "기울어지면 기울어진 쪽으로 향하는"(「기울기」) 그의 시는 무엇을 위해 아직도 가파른 비탈길을 달리고 있는가? 시인은 왜 "무한히 움직이는 감옥"(「걸음 6」) 속에 자신의 몸을 가두고 "뜨겁고 일렁이고" "솟구치고 흘러넘치는"(「비」) 생을 되풀이하는 것일까?

　이를 설명하기 위해서는 그 움직임의 씨앗을 먼저 세심히 들여다보아야 한다. 그의 시가 시작되는 계기는 대부분 사소하다. 개구리, 귤, 만두, 버섯, 빵, 잡초, 토마토 등과 같은 주변의 작은 사물들이나 비인간 존재와의 접점에서 시인은 출발한다. 이를테면 시집에 첫번째로 실린 작품인 「가죽 재킷」은 신세한탄을 벌이는 '가죽 재킷'과 그의 토로를 듣는 '나'의 이야기이다. 하루종일 가죽 재킷을 뽐내고 돌아다닌 '나'에게, 재킷이 넌지시 말을 건넨다. 졸린 '나'는 커피를 마시며 반쯤은 억지로 그의 사연을 경청한다. 재킷으로 가공되기 전 그는 소였다. "딱딱한 발굽으로" 당당히 "대지를 딛고 서 있"던 그는 죽어서도 "발굽으로 대지에 노크를" 하는 "가죽구두가 되고 싶었"다. 땅의 호흡과 진동을 느끼며 "멈추지 않고 계속 걸어가"는 삶을 살고 싶었지만 얄궂게도 "알량하고 경박하게 허공에 떠돌아다니"는 가죽 재킷이 되고 말았다. 대지의 선명한 감촉과 무한한 움직임에 매료된 그의 사정을 나른한 기분으로 감상하던 '나'는 생각한다. "저놈이 구두가 안 되길 다행이다."

이 같은 소쇄한 사물과 그것이 지닌 운동성은 '잡초' 연작에도 잘 형상화되어 있다. 시집의 3부 전체를 차지하고 있는 이 작품들에서 가장 핵심적인 요소는 '생장' 또는 '증식'의 움직임이다. 총 일곱 편의 연작시에서 '자라다'의 활용형은 70회가량 사용되었는데, 이는 의미의 강조를 넘어선 강박적인 반복으로까지 보인다. 가령 「잡초 1」의 '잡초'는 주어진 장소와 상황을 막론하고 마구 자라난다. "멍청한 잡초들"과 "실패한 잡초들"과 "맹렬한 잡초들"의 유일한 공통점은 증식한다는 점뿐이다. 그들은 "죽어서도 자라고 살아서도 자라"며 "죽은 줄 알았는데 뒤돌아보면 다시 자란다". 힘들고 궁핍한 여건 속에서도 잡초들은 "악착같이" 버티고 성장을 기다린다. "꽃도 없이 번식"하며 "무엇을 기다리는지도 모르고" 기다리고 기다리다 결국 또 자라난다.

이 같은 작품들은 시인의 스타일과 시적 대상이 지닌 특색을 여실히 보여주지만, 시인이 활용하고 있는 사물들의 기본적인 속성 자체는 실은 그리 낯설지 않다. 소-가죽, 발굽-구두로 이어지는 연상 작용이나 잡초의 성질에서 암시되는 끈질김, 악착같음, 쓸모없음 등의 그림씨 사용은 꽤나 익숙하게 느껴진다. 그 외에도 시인은 끈적하고 흐물흐물한 '엿'의 속성을 활용하여 녹아내리는 존재들의 일면을 포착하거나(「엿」), 양서류인 '개구리'의 끈끈하고 미끌미끌한 이미지를 인간 신체의 그로테스크함으로 연결시킨다(「개구리의 맛」). 그러한 맥락에서 「삽」이라는 시편은 특히 인상 깊다. 작품 속의 '나'는 몰려드는 적을 피해 도망가다 이내 더이상 도망칠 수 없는 극한 상황에 이르러 전래동화의 주인공처럼 하늘을 향해 무언가를 내려달라 기도한다. 그런데 그 대상은 천상으로 향하는 동아줄이 아닌 지상의 흙을 파내어 아래로 더욱 하강하게 되는 '삽'일 따름이다. 이때의 삽은 전쟁으로 인한 시체들의 무덤과 그 옆에 식목되는 꽃, 나무들을 연결하며 비극과 아름다움 사이의 아이러니를 심화시킨다.

사물이 지닌 대표적인 속성을 활용하여 하나의 이야기를 구성하는 이러한 방식은 일종의 우화(寓話) 또는 알레고리(allegory)에 가깝다. 정약용이나 라 퐁텐의 우화시처럼 친숙한 사물과 비인간 존재들을 빌려 지은이의 특정한 의도를 담아내는 알레고리는 오래된 전통을 자랑하는 예술 기법이지만, 현대에 이르러 그리 선호되는 시적 방식은 아니다. 괴테는 보편적인 특성을 이용해 저자의 생각을 드러내는 알레고리는 결코 예술이 될 수 없다고까지 말한 바 있다. 아마도 그는 '옛날 옛적에'로 시작하여 '행복하게 살았습니다'로 마무리되는 우화의 세계와, 결코 바뀌지 않고 되풀이되는 사물―존재들의 인식과 감각을 경계했던 것 같다. 닫혀있는 그 알레고리의 세계에서 토끼는 늘 방심하는 달리기를 시작하고 아킬레스는 끝끝내 거북이를 따라잡지 못한다.

새로운 미감을 창출해야 하는 현대시의 숙명상 익숙한 속
성을 활용하는 이 같은 알레고리의 방식은 치명적인 약점
을 지닐 수밖에 없다. 다만 차성환 시인이 사용하는 알레고
리는 사정이 조금 다른 듯하다. 친숙한 사물-존재들을 통해
움직임이 발생되는 것은 마찬가지이나, 시인은 대상의 낯익
은 감각을 비틀어 전이시키거나 그것을 해학적으로 과장하
고 강박적으로 반복하여 독자로 하여금 그 익숙함을 도리어
의심하게 만든다.

한편 괴테와 달리 벤야민은 알레고리를 습관적인 마술 환
등의 빛이 꺼졌을 때 비로소 나타나는 것이라 여겼다. 전통
적인 의미에서의 알레고리는 말하고자 하는 바를 '다른 것
(allos)'에 빗대어 '이야기(-agoria)'하는 것에 그치지만, 벤
야민이 말하는 현대적 의미의 알레고리란 친밀한 감각이나
저자의 의도에서 벗어나 그와는 무관하게 새로운 무언가를
지속적으로 환기하는 일이다. 그것은 보편적인 사물의 이미
지를 되풀이하는 것이 아니라, 습관적인 인식의 불빛이 꺼
진 어둠의 형해 속에서 낯선 아름다움의 감각을 길어올리는
일이다. 그 순간 우리가 익히 알고 있던 사물-존재는 분열
되거나 해체되고, 시인은 그 파편들을 모아 또다른 의미의
성좌를 구성해낸다. 예컨대 이런 식이다.

덩어리 더미 뭉쳐 있다 반죽 아무 모양 없는 모양으로
표정도 없는 얼굴로 달걀귀신 칼에 찔려도 비명이 나오지

않고 묵묵히 자리를 지키고 말도 없이 꿔다놓은 보릿자루
아무 쓸모도 없는 무게 손가락 발가락 다 잘리고 눈 코 입
뭉개진 먹깨비 굴러떨어져도 다치지 않는 무적 덩어리 끝
까지 죽지 않는 슈퍼히어로 어디서든지 뭉개고 또 뭉개는
자세로 무심하고 아프지 않고 뭐든 괜찮아서 더 무서운 덩
어리 더미 산더미 순간 쏟아지는 산사태 위험 중심이 없고
겉이 속이고 속이 겉이고 살았는지 죽었는지 들여다보면
뭉근한 덩어리 아직 아무것도 되지 않은 덩어리 손아귀에
들어가지 않는 덩어리 정체를 모르는 덩어리 그림자 물건
그것 엉덩이에서 숯덩이로 얼음덩어리로 사정없이 끓어
오르고 얼어붙는 온도 주름과 결을 알 수 없는 덩어리 입
에서 뭉개진 소리덩어리 시덩어리 분노를 모르면서 분노
로 던져지는 덩어리 덩어리

—「덩어리」 전문

　한밤중에 시를 쓰다가 잠들었는데 시의 요정이 나타나
너도 우아하고 세련되게 시를 찢고 수제비 뜯듯이 시를
뜯어봐 먹기 좋게 연을 주고 행을 나눠 달콤하게 속삭이
는데 하마터면 넘어갈 뻔했다 너는 시의 악마 내일 아침
비가 오면 내가 좋아하는 삼청동 수제비 먹으러 가야겠다
나는 충분히 연을 나누고 행을 주고 있다 이게 한 행이고
한 호흡이고 다음 연은 곧 찾아올 거다 수제비 한 그릇을
다 먹고 나면 다음 연이 짜잔 나타나 내 시를 이루리라 아

직도 한 편의 시가 쓰이지 않았다 이 새끼야 이 시의 요정
새끼야 넌 영원히 쓸 수 없을 거야 쓰기도 전에 실패한 시
—「수제비」 전문

위 시편들에는 시인이 만들어내는 낯선 시의 형태와 관련
된 단서가 담겨 있다. 「덩어리」 속 "아무 모양 없는 모양"의
'덩어리'는 보는 이의 얼굴을 빼앗아간다고 알려진 "달걀귀
신"처럼 아무런 "표정도 없는" 얼굴을 하고 있거나, "꿔다
놓은 보릿자루"처럼 저만치 홀로 동떨어져 있다. 그것은 변
화무쌍하게도 "사정없이 끓어오르고 얼어붙는" "숯덩이"와
"얼음덩어리" 사이를 자유로이 오간다. 이처럼 차성환이 그
려내는 시적 대상은 흥미롭고 친숙한 주변 사물에서 출발한
뒤 그로부터 가장 멀리 떨어진 곳으로 성큼 나아간다. 그것
은 무엇이든 할 수 있는 "슈퍼히어로"인 동시에 "아직 아무
것도 되지 않은" "뭉근한 덩어리"로서 존재한다. 찰흙을 이
리저리 버무리는 천진난만한 아이처럼, 시인은 우리에게 익
숙한 사물-존재를 "뭉개고 또 뭉개"어 그 형태를 짐작하기
힘든 새로운 알레고리의 "시덩어리"로 삼는다.
　카프카의 소설 「가장의 근심」에는 '오드라덱'이라는 사물
이 등장한다. 그 사물은 구체적인 장소, 이름, 형상, 용도가
특정되지 않는 미상의 무언가이다. 벤야민은 오드라덱을 "사
물들이 망각된 상태 속에서 갖게 되는 형태"[1]라고 정의하였
다. 즉 우리가 낯익은 사물의 모습을 조금씩 잊어갈 때마다,

그것은 점차 일그러지고 삐뚤어지던 끝에 어느 순간 도저히 알 수 없는 형태를 지닌 상상의 존재로, "예전에 지었던" "표정이 잘 떠오르지 않"는 "끝을 알 수 없는 깊고 아늑한" "얼굴"(「얼굴」)로 화하게 된다는 것이다. "구덩이를 왜 파는지도 잊어버리고 구슬땀을 흘리며" 한평생 "구덩이의 구덩이의 구덩이를 반복"(「구덩이」)하며 파내는 농부처럼, "스키니 청바지에 잡아먹힌 남자를 연기"하다 "불 꺼진 쇼윈도 안 마네킹으로 다시 태어"(「스키니」)난 사람처럼, 어느 날 아침 문득 벌레로 변한 자신의 형벌 같은 삶을 받아들이게 된 소설 속 등장인물처럼, 달리고 달리다 어느새 그 시작을 망각한 채 달음질만을 이어나가고 있는 이야기의 주인공처럼, 시인은 본래의 목적을 상실한 존재들을 통해 저 스스로도 인지하지 못했던 낯선 흐름을 만들어낸다.

　한편 「수제비」에는 "시의 요정"이라 불리는 존재가 나타나, '나'에게 밀가루덩어리를 손으로 찢어 수제비를 만들듯 "너도 우아하고 세련되게 시를 찢"어보라고 조언한다. "먹기 좋게 연을 주고 행을 나눠"보라는 그의 달콤한 제안에 '나'는 "하마터면 넘어갈 뻔"하지만 이내 그 "악마"의 속삭임을 거절한다. 스스로 생각하기에 '나'의 시는 이미 충분한 시의 호흡을 지니고 있기 때문이다. 중요한 것은 하

---

1) 발터 벤야민, 『발터 벤야민의 문예이론』, 반성완 옮김, 민음사, 2005, 88쪽.

나의 흐름과 호흡을 지속하는 일이고, 그리하다보면 약속처럼 "다음 연은 곧 찾아올" 것이라고 '나'는 굳게 믿고 있기에, 떠먹기 좋은 시를 권하는 시의 요정에게 욕설과 저주를 퍼붓는다.

이쯤에서 주목해야 할 점은 시집에 수록된 시인의 모든 작품들이 전부 행갈이 없이 이어지는 산문시에 해당한다는 점이다. 각기 다른 리듬과 호흡을 지닌 작품들이 섞여 있는 여타의 시집과는 달리, 『초절임 생강』 속 시편들은 단 한 편의 예외도 없이 하나의 행이자 연으로 구성되어 있다. 휴식과 공백을 쉽사리 허락하지 않는 그의 이야기는 언뜻 종결된 것처럼 보이다가도 또다른 연작으로 연결되며 끝없이 이어진다. 앞서 인용한 두 시 속 덩어리진 이미지는 시인이 선보이는 이 같은 시의 형태를 이해할 수 있는 열쇠가 되어준다. 전자의 덩어리가 지속되는 움직임으로 인해 탄생한 결과물을 뜻한다면, 후자의 수제비 반죽은 시인의 시가 지닌 외적 형식의 특징을 강조하고 있다.

화자에게 조언을 건네는 '시의 요정'은 「재채기」라는 작품에서 한 차례 더 등장한다. 「수제비」에서와는 달리 직접적인 방식으로 코칭에 나서는 그는 탁구를 사례로 들며, 드라이브를 할 때 "무게중심 이동이 중요"한 것처럼 '나'의 작품에도 "현실에서 꿈으로 꿈에서 시로 시에서 현실로"의 "중심 이동"이 필요하다고 말한다. 물론 '나'는 요정의 충고를 귓등으로 들으며 이런저런 딴생각에 빠져 있다. 시의 요정이 얼마간 희화화되어 있고 청자인 '나'의 반응도 유쾌하게 묘사되어 있긴 하지만, 이 내용들은 시인의 중요한 특질과 상당 부분 연결된다. 농담 속에 진리를 숨기는 일, 혹은 농담 그 자체가 진실이 되는 화법은 시인이 사랑하는 발화 방식이기도 하다. 「재채기」에서 핵심이 되는 대상은 시의 표제인 '재채기'이다. 무의식적으로 발동되는 반사운동이라는 점에서, 재채기는 스스로도 통제하지 못하는 '나'의 불수의적 모습을 내포한다. 시의 요정이 보기에 "진짜 시는 재채기와 같"다. 아무리 숙련된 자의 연기라 할지라도 진짜 재채기와 가짜 재채기는 구분될 수밖에 없는 것처럼, 인공적으로 세공된 시는 "제어할 수 없"어 튀어나온 "경련" 같은 시를 이길 수 없다는 것이 그의 주장이다. 그는 네가 직접 재채기를 하는 것이 아니라 "재채기가 너를 선택"하는 것이라고도 단언한다.

시의 요정의 논리에 따르자면 시인은 "재채기의 숙주"이자 "재채기의 발사체"로서만 기능하는 자이다. 시인이 할 수 있는 것이라고는 그저 재채기를 기다리거나, 재채기로 지칭되는 우연하고 진실된 시적 발화가 솟아날 때까지 염원의 움직임을 지속하는 일뿐이다. 그렇게 "여기서 저기로 저기서 여기로 개발에 땀나게 움직이"다보면, 어느덧 "재채기는 잊어버리고" 시인은 "재채기와 재채기 사이에 존재하는" 이가 된다. 그곳에는 어떠한 정지도 여백도 없다. 시인은 재채기와 "재채기 사이의 긴 침묵" 사이, 시와 "시답지 않은 이야기" 사이, 진실된 시와 그것을 위한 움직임 사이에서만 실존하는 자이기 때문이다. 시인의 이름을 지닌 자는 달리고 자라나는 것만을 숙명으로 부여받은 사물들처럼, 멈출 수 없는 호흡과 간헐적인 기침을 이어나가야 한다.

걸어가다가 생강을 주웠다. 아주 맵고 알싸한 생강인데 내 머리통만했다. 너무 매워서 눈물이 뚝뚝 흘렀다. 이렇게 크고 매운 생강은 처음이야. 집에 가져가 커다란 항아리에 넣고 뚜껑을 닫았다. 그런데도 생강의 향은 강력해서 집에 있으면 눈물이 나왔다. 그새 소문이 났는지 전국 각지에서 사람들이 찾아와 내 생강 좀 보자고 한다. 나는 울면서 안 된다고 하는데 진짜 슬퍼서 우는 건 절대 아니다. 딱 한 번만 만져보자는 놈, 자기 거라고 우기는 놈, 전 재산을 줄 테니 자기한테 팔라는 놈. 항아리에 있는 생강 탓인지 눈물 콧물 흘리면서 애걸복걸한다. 울고불고해도 소용없다. 결국은 포기하고 생강의 향이 밴 몸으로 흐느끼면서 자기들 집으로 돌아간다. 끌끌끌…… 그놈들이 하도 못살게 굴어서 대문을 걸어 잠그고 이불 속에 숨었다. 그러던 어느 날 생강이 갑자기 말을 하기 시작했다. 나는 생강이다. 나는 이 세상에서 많은 것을 봐왔지. 아름답고 슬프고 외롭고 또 이상한 일을 겪었단다. 이제 나를 여기서 꺼내줘. 내가 본 것을 저 밖에 가서 말해야 돼. 나는 그럴 수 없다고, 너를 잃을 순 없다고 울면서 대꾸했

다. 생강은 몇 차례 조르다가 궁시렁거리더니 다시 조용
해졌다. 나는 생강을 누가 훔쳐갈 것 같다는 불안에 시달
렸다. 매일 시시때때로 항아리를 열어 생강의 유무를 확
인해야 했다.

—「초절임 생강」 부분

표제작인 「초절임 생강」을 통해 시인이 사물을 경유할 때
의 마지막 특징을 추출해볼 수 있다. 이 시에서 주목할 점
은 대상을 향한 '나'의 집착이다. 애초부터 생강은 '나'의 것
이 아니었으나, 시간이 지날수록 '나'는 "생강을 누가 훔쳐
갈 것 같다는 불안에 시달"리며 "매일 시시때때로 항아리를
열어 생강의 유무를 확인"한다. 또하나 중요한 대목은 '나'
와 생강의 존재론적 겹침이다. 뚜껑을 닫고 항아리 안쪽에
숨겨둔 생강과 "대문을 걸어 잠그고 이불 속에 숨"은 '나'의
모습은 서로 유사한 형태로 비극적 결말을 예언하고 있다.
결국 시의 후반부에 이르러, '나'는 "초절임 된 슬라이스 생
강이 되어 있"는 자신의 몸을 발견한다. 이렇듯 사물–존재
와의 만남, 상실에의 불안, 불가해한 집착, 본래 자아의 망
실, 새로운 존재로의 변신은 시인의 작품 세계 속에서 계속
해서 되풀이된다.
　이와 비슷한 같은 상황이 「모자 1」에서도 등장한다. '나'는
"모자를 잃어버"려 자신의 "머리에 맞는 단 하나의 모자를
찾기 위해 거리를 헤맨다". 갖은 종류의 모자를 직접 써보기

도 하고, 심지어 그럴듯해 보이는 남의 모자를 빼앗아도 보지만 '나'가 갈망하는 모자는 쉬이 나타나지 않는다. '나'가 찾는 모자는 "검고 챙이 넓어 세상을 다 덮을 것 같은 모자"이자, "세상의 그늘을 다 끌어모아 온몸에 다크서클을 드리울 것 같은" "멋진 모자"이다. '나'는 상실감을 해소하기 위해 세상의 온갖 모자를 욕망하지만 정작 "내 모자가 어떻게 생겼는지 기억"하지 못한 채로 "구슬프게 구천을 떠돈다". 연작시인 「모자 2」에 다다라 기어이 "전혀 모자람이 없는" 완벽하고 아늑한 모자를 찾아내지만, 그때 이미 "나는 사라지고 모자만 남아서 모자를 쓰고 있다".

　'나-대상-상실-집착-또다른 나'로 연결되는 이 같은 서사 구조는 자연스레 라캉의 '대상 a'를 떠오르게 만든다. 그는 플라톤의 『향연』에 나오는 '아갈마(agalma)'라는 단어를 통해 해당 개념을 설명한다. 젊고 아름다운 알키비아데스가 늙고 볼품없는 소크라테스를 사랑한 이유는 자신에게 없는 무언가를 소크라테스에게서 발견했기 때문이라고 그는 주장한다. 이때 소크라테스의 내면에 숨겨진, 알키비아데스가 자신의 부족함과 결핍을 채워줄 것이라 믿는 대상이 바로 아갈마이자 대상 a이다. 사랑은 이처럼 결핍으로 인한 갈망에서부터 시작된다고 라캉은 말했다. 상징적 세계 위에 던져진 주체들은 자신의 일부를 잃어버렸다는 착각에 빠진 채로, 그 공허한 빈틈을 메워줄 사랑의 파편들을 찾아 헤맨다. 이러한 관점에서 본다면 차성환 시인의 작품에서 연이어 등장하는 수많은 알레고리의 소재들은 화자의 끊임없는 궁핍함을 채워줄 애착의 대상이다. 그 궁핍함이 영영 충족될 수 없는 존재론적 허기라면, 시인의 강박적인 움직임 또한 영원토록 이어질 수밖에 없다.

이와 더불어 시인의 작품들 속에 그려지는 '나'와 주변의 관계에도 제법 흥미로운 지점이 있다. '나'와 긴밀하게 연결되어 있는 대상을 제외한 다른 타자들은 시에 거의 드러나지 않거나 잠시 등장해 서사의 기능적인 역할만을 수행하는 데 그친다. 가족마저도 '어머니'만 두어 차례 등장할 뿐이며, "나는 다 쓰러져가는 오두막집에 보살필 어린 동생이나 그 흔한 할머니 하나 없는 게 막 슬퍼져서 울음"(「바게트」)을 터뜨리거나 "혼자고 혼자여서" 사무치게 "외로울 때"(「나의 개」)마다 주변의 비인간 존재들에게 마음을 준다. 시인이 관심을 두는 것은 '나의 개' '나의 모자' '나의 속눈썹' 등 철저히 화자 자신과 관련된 사물-존재들이자, 보다 정확히는 결핍을 채워줄 대상들이다. '나'가 그것들에 매혹되거나 집착하는 이유는 그 대상이 잃어버린 또다른 '나'의 파편이기 때문일 터다. "나는 그가 나라는 것을 안다". 그 또한 "내가 그라는 것을 안다"(「털복숭이」).

이를 단순히 나르시시즘적 상상력으로 한정시키는 것은 곤란하다. 시집에 등장하는 '나'의 연속체들이 스스로의 결여를 메우기 위해 동분서주하는 것은 사실이지만, 그 애정이 오로지 본인에게만 치중되어 있었다면 굳이 다른 대상을 그리워하거나 외로워할 필요가 없었을 것이다. 자신과 관계된 사물-존재들에만 집중하는 것이 아니라, 스스로의 안에 생겨난 빈틈을 채우기 위하여 친숙한 사물들에 자신의 사랑을 투영하고 있다고 보아야 타당할 것이다.

그런 의미에서 시인이 제재로 삼는 대상의 상당수가 입으로 맛볼 수 있는 음식이라는 점은 주목할 만하다. 제목만 보아도 '생강' '건포도' '버섯' '고기만두' '빅 브레드' '빵' '엿' '모과' '수제비' '토마토' '바게트' 등, 시집에서 활용되고 있는 먹거리의 가짓수는 눈에 띌 정도로 많다. 실제로 미감(taste)은 자기중심적이고 주관적일 수밖에 없는 취향의 영역이지만, 동시에 타인과 연결될 가능성이 가장 높은 감각이기도 하다.

아렌트는 칸트의 『판단력 비판』을 빌려 미감에 있어서 미각과 후각의 중요성을 서술한 바 있다. 그는 미감이야말로 인간의 감각 중 가장 사적인 종류의 것이라고 주장한다. 시각과 청각을 통해 수집된 정보들은 문명의 이기를 활용하여 상대적으로 쉽게 현재화될 수 있으나, 미각과 후각의 경험은 완벽한 재현이 거의 불가능하다. 그 자체만으로 인간을 즐겁게 또는 불쾌하게 만드는 정도 역시 후각과 미각이 압도적이다. 이 감각들은 어떠한 사고나 반성에 매개되지 않기에 즉각적이고, 이내 사라져 현존하지 않게 되는 까닭에 매우 주관적이다. 이토록 내적이고 자의적인 미감을 타인과 공유할 수 있게 만들어주는 것이 바로 '상상력'이라고 아렌트는 말한다. 상상력은 현존하지 않는 것들을 현존하게 만드는 능력이기에, 영향을 받은 이로 하여금 타인이 경험한 미의 쾌감을 내면화할 수 있도록 만든다.[2] 이때의 미감은 맛을 느끼는 감각인 동시에 아름다움에 관한 감각이기도 하다. 가장 사적이고 주관적인 미의 감각은 상상력을 경유하여 타인과 연결될 수 있는 보편적인 공통 감각의 실마리를 제공한다. "미감에서 이기주의는 극복된다"는 칸트의 명제는 달리 말하자면 미적 감각만이 개인의 존재론적 결핍과 허기를 넘어설 수 있는 가능성을 지니고 있다는 뜻이다.

가령 「고기만두」에는 어머니의 만류에도 불구하고 만두를 먹기 위해 집을 나서는 '나'가 등장한다. '나'는 산 넘고 강 건너 "만둣집에 도착했지만" 가게는 "불이 꺼져 있었다." '나'는 가까스로 주인장을 깨워 고기만두를 주문한 뒤, 주인이 내온 엽차를 마시고 정신을 잃었는데 눈을 떠 보니 "잘게 다져져 고기만두가 되어 있었다." 도시 괴담

---

2) 이는 '지각'으로 얻게 되는 쾌감과는 사뭇 다르다. 칸트에 의하면 지각 작용의 쾌감은 만족감일 뿐 아름다운 것이 아니다. 상상력은 지각이 아닌 '재현'을 통해 쾌감을 선사한다. 직접적인 현존과는 무관한 재현을 통해 형상화된 것만이 사람들에게 적절한 비관여적 거리를 유지하게 하고, 현존의 대상이 제거됨으로써 생성된 공정한 '불편부당성(impartiality)'이 우리로 하여금 현실의 편협적 이해관계로부터 벗어나 타인의 입장을 헤아리며 소통할 수 있도록 만들어 준다는 것이 아렌트의 주장이다. 한나 아렌트, 『칸트 정치철학 강의』, 김선욱 옮김, 푸른숲, 2002, 128~132쪽 참고.

에 나올 법한 끔찍한 상황 속에서도 '나'는 별다른 두려움이나 원통함을 표출하지 않고, 오히려 "고기만두는 고기만두를 죽도록 좋아했던 사람이 죽어서 될 수 있는 최고의 음식"이라며 기뻐한다. "투명할 정도로 얇고 하얀 만두"를 "초간장에 살짝 찍어서 입김을 호호 불어 먹"으면 그것은 실로 "극락"일 것이라면서. 이 만두 이야기가 왠지 따스하고 아름답게 느껴지는 이유는 "따듯하고 육즙이 가득"한 만두의 속살이 "누군가의 입속에 들어가" 선사할 온기를 상기시키기 때문일 것이다.

아름다움을 뜻하는 '미(美)'라는 한자는 '양(羊)'자와 '대(大)'자가 합쳐져 만들어진 회의자이다. 두 가지의 뜻이 결합된 이 글자는 크고 살찐 양이 먹기 좋고 훌륭하다는 뜻에서 나아가 아름답다는 뜻으로 그 의미가 확장된 글자이다. 앞서 살펴보았듯 맛과 아름다움은 타인과 가장 효과적으로 연결되는 미적 감각이다. "고기만두처럼 맛있게 빛"나는 "보름달" 아래 홀로 앉은 "성환 만두"는 혹여나 자신의 "온기가 달아날까봐" "한없이 웅크"린 채 찾아올 손님을 기다린다. 그는 "가만히 누워 누군가 날 먹어버리길 기다리는 조신한 빵이 되"(「빵」)는가 하면, 버섯의 "침묵과 냄새"를 즐기며 "친구"가 돌아오길 기다리는" "한 마리의 큰 버섯"(「버섯」)이 되기도 한다. "배고프면 외롭고 외로우면 배고파"(「고기만두」)진다고 믿는 화자에게 존재론적 허기와 외로움은 늘 함께하는 것처럼 보인다. 시인은 변화한 '나-사물'이 누군가

의 배고픔을 달래줄 수 있다는 순수한 기쁨과, 자신의 공허
함과 외로움 또한 채워질지도 모른다는 기대감으로 부푼 채
로 한없는 기다림을 이어간다.

　나는 검은 줄 하나를 질질 끌고 다닌다 몇 해 전까지 그
끝에 개가 매달려 있었고 비가 몹시 오는 날 나는 정신없
이 술에 취해 다 잃어버렸다 애완하는 자랑스러운 개였
는데 웃기도 잘하고 나 대신 갈 곳을 정해주고 머물 곳을
일러주던 유일한 친구였는데 그때부터 죄책감에 술을 끊
고 산다 캄캄한 밤이면 골목에서 걸어나올 것만 같아 버
리지 못하는 검은 줄이 내 기다림의 형식 나는 줄 끝에 매
달려 산다

—「블랙아웃」 전문

　시집의 마지막에 배치된 시편이다. 4부에는 개에 관한 이
야기가 여럿 등장한다. ‘나’의 주변을 맴돌며 관심과 짜증과
쓸쓸함을 유발하는 개(「개똥」)가 있고, ‘나’의 손목을 물어
뜯는 꿈속의 개(「캐치」)도 있으며, 시골 장에서 노잣돈 대신
건네받은 개(「나의 개」)도 있다. 위 시편의 ‘나’는 자신의 개
와 오랜 나날을 보낸 듯하다. 그 "자랑스러운 개"는 "웃기도
잘하고" "나 대신 갈 곳을 정해주고 머물 곳을 일러주던 유
일한 친구"였다. 하지만 폭우가 쏟아지던 날 "정신없이 술
에 취"한 ‘나’는 사랑하던 친구를 잃어버렸고, 이제 남겨진

것은 산책을 위해 준비했던 "검은 줄 하나"뿐이다. '나'는 혹여나 개가 "캄캄한 밤이면 골목에서 걸어나올 것만 같아" 기다란 검은 줄을 차마 버리지 못한다.

상실한 대상을 향한 애착과 갈망은 '나'로 하여금 죄책감에 좋아하던 술을 끊고, 텅 빈 검은 줄 하나를 여전히 "질질 끌고 다"니게 만든다. 그 검은 줄은 물론 개를 둘러맸던 목줄이겠으나, 외롭고 공허한 이 세계에서 타자의 온기와 나를 이어주던 유일한 끈이었다는 점에서 나를 묶었던 줄이라고도 할 수 있을 것이다. 이러한 관점에서 보면 "나는 줄 끝에 매달려 산다"고 적힌 시의 마지막 문장은 의미심장하게 읽힌다. 그것은 돌아오지 않는 대상을 향한 그리움의 토로이기도 하지만, 스스로의 삶을 지탱하는 방식에 대한 자기고백이기도 하다. "버리지 못하는 검은 줄이 내 기다림의 형식"이자 남은 생의 형태이다.

한 편의 이야기 속에 하나의 삶이 담기는 거라면, 여러 사물들이 잔존하는 현실과 꿈을 이리저리 오가는 시인은 수많은 생을 살아가는 존재인 셈이다. 환생과 빙의를 일삼는 최근 판타지 서사물의 주인공 대다수가 자신이 지닌 전생의 앎과 지식을 바탕으로 우위를 점한 뒤 새로운 삶을 주도적으로 이끌어나간다. 그들의 이야기에는 장르적 경쾌함과 더불어 묘한 쾌감이 있다. 반면 끝없이 이어지는 시인의 환생은 이전 생의 출발점도 기억나지 않을 정도의 무한한 아득

함을 동반한다. 거기서 발견되는 진실이라고는 "지랄같이 자"(「잡초들 3」)라나는 그의 삶이 "가도 가도 끝이 없"(「잡초들 6」)을 것이라는 점, 한없는 되풀이 속에서도 결핍은 끝내 채워지지 않으리라는 사실뿐이다. 그럼에도 시인은 여전히 뜨거운 허기를 감추지 않으며 무언가를 계속 갈망할 것이고, 제어하지 못하는 재채기가 튀어나올 때까지 하염없는 기다림을 이어나갈 것이다. 발 디딜 "바닥이 없"(「가죽 재킷」)는 세계의 공허함과 "잠시 현존하다가 사라지"(「개구리의 왕」)는 존재의 무의미 속에서 유일하게 남겨지는 삶의 증거란 바로 지금의 움직임뿐이다. 목적지를 잃은 텅 빈 사물들 틈에서, 허공에 발을 내딛는 듯한 공허한 자기 지탱의 걸음 위에서 그 움직임의 씨앗은 발아되는 듯하다. "도착적으로 집요하게" "어디론가 저 멀리에 도착시키기 위해" 걷는 걸음, 결국 "불시착도 아름다운 도착"이 되게 하는 걸음, 처음의 목적지를 상실해버린 걸음, 그럼에도 걷고 걷다가 이내 "걸음의 감정"과 "호흡과 리듬만 남은 걸음"(「걸음 5」), "걸음으로만 작동하는 의식 없는 걸음"(「걸음 6」), "걸음이 걸음을 지우"는 걸음, 그러다 마침내 "걸음은 사라지고"(「걸음 5」) 걸음의 형식만 남은 걸음이 될 때까지 시인의 가없는 움직임은 멈추지 않는다.

차성환 2015년『시작』신인상을 통해 작품활동을 시작했다. 시집『오늘은 오른손을 잃었다』가 있다.

문학동네시인선 247

초절임 생강

ⓒ 차성환 2026

초판 인쇄 2026년 1월 20일
초판 발행 2026년 2월 6일

지은이 | 차성환
책임편집 | 임고운 편집 | 정은진 김봉곤
디자인 | 수류산방(樹流山房) 본문 디자인 | 유현아
저작권 | 박지영 형소진 주은수 오서영 조경은
마케팅 | 정민호 서지화 한민아 이민경 왕지경 정유진 한경화 정경주 김혜원
        김예진 이서진
브랜딩 | 함유지 박민재 이송이 박다솔 조다현 김하연 이준희
제작 | 강신은 김동욱 이순호
제작처 | 영신사

펴낸곳 | (주)문학동네
펴낸이 | 김소영
출판등록 | 1993년 10월 22일 제2003-000045호
주소 | 10881 경기도 파주시 회동길 210
전자우편 | editor@munhak.com
대표전화 | 031) 955-8888 팩스 | 031) 955-8855
문학동네카페 | http://cafe.naver.com/mhdn
인스타그램 | @munhakdongne 트위터 | @munhakdongne
북클럽문학동네 | http://bookclubmunhak.com

ISBN 979-11-416-0298-7 03810

* 이 책의 판권은 지은이와 문학동네에 있습니다. 이 책 내용의 전부 또는 일부를 재사용
  하려면 반드시 양측의 서면 동의를 받아야 합니다.
* 이 책은 '2025 경기예술생애첫지원(문학) B트랙' 사업에 선정되어 경기도, 경기문화재
  단의 지원으로 발간되었습니다.

잘못된 책은 구입하신 서점에서 교환해드립니다.
기타 교환 문의: 031) 955-2661, 3580

www.munhak.com

문학동네